ラルーナ文庫

転生皇子は白虎の王に抱かれる

井上ハルヲ

三交社

CONTENTS

Illustration

タカツキノボル

転生皇子は白虎の王に抱(いだ)かれる

本作品はフィクションです。
実際の人物・団体・事件などにはいっさい関係ありません。

約束だ。
次に生まれてくる時には必ずまた巡り会おう——。

第一章

中原のやや西寄りに古い国があった。名を尚国という。勃興して千有余年、数々の争いはあったものの、今は戦もなくすこぶる穏やかだ。どれくらい穏やかかというと、国の王太子が城の外にある廟に従者をたった一人だけ連れて参拝にやってくるくらいで、まさに呆れんばかりの穏やかさだった。

今日も王太子リーレンは、従者のフェイ一人を伴って王都碧宿の城から少し離れた丘に立つ廟を訪れていた。

空は快晴、雲一つない。高く澄んだ青空を眺めつつ馬に揺られて城を出たリーレンは、やや古びた廟に参拝して線香と供物を奉納した。別に願掛けをするようなこともないリーレンの目的はただ一つ。この廟に祀られている武神月牙将軍とその供である神獣白虎の神像を見ることだ。

天界を追われて久しい月牙将軍の廟は城の中にはもう一つもなく、丘の外れにあるここが尚で唯一残された廟だった。その月牙廟にリーレンはほぼ三日に一度の割合で訪れている。

『月牙宮』と重厚な文字で書かれた扁額がかかったこの廟は、建物こそそこそこ大きいのだが、朱塗りの柱はすっかり色褪せていた。壁の色も同じように褪せていて、屋根瓦もところどころが剝がれ落ちている。廟の前にある香炉は大きいものの、そこには線香一本すら立っておらず、先日リーレンが持ってきた供物も誰かに盗まれでもしたのか既になくなっていて、供物卓にはうっすらと埃が被っていた。

それらをため息交じりに眺め、リーレンは埃を被っている卓を綺麗に拭き清め、そこに持参した果物や餅を並べた。持ってきた線香を香炉に立て、跪いて拝礼する。廟内に線香の香りが漂い始めると、リーレンはようやく顔を上げて廟の奥に祀られている神像に目を向けた。

この月牙廟に祀られているのは黒い甲冑を着て剣を腰に佩いた月牙将軍だ。立派な髭を蓄えた姿は、いかにも武神めいている。だが、リーレンのお目当ては将軍その人ではなく、脇にいる白虎だった。

リーレンはなぜか幼い頃から白虎が好きでたまらなかった。御利益があろうが、なかろうが関係なくこの廟に足繁く通って奉納をし、白虎の像をそれこそ舐めるように眺めて時にその頭に触れる。この日も白虎の像をさんざん撫で回したリーレンは、満足げに廟を後にした。

「リーレン様、もう十五歳になられたんですから、いい加減そういう子どもじみた真似は控えてください」

毎回付き合わされている従者のフェイがうんざりした面持ちでそうぼやく。だが、当のリーレンは一向に気にする様子もなかった。

「だったらフェイは城に残っていればいいじゃないか。ここまでなら私一人でも大丈夫なんだし」

「そういうわけにはいかないでしょう。尚国の太子殿下をお一人で城外に行かせたなんて知られたら私は投獄されてしまいます」

そうでなくても警護の兵を置いてきてしまっているのにとため息をつき、フェイはくどくどと愚痴を零す。

「だいたいリーレン様は太子としての自覚がないんです。今日だって勝手に城を抜け出そうとするし……」

「歩哨の兵に見つかったから、ちゃんと出ていくって知らせただろう?」

「見つからなかったらそのまま黙って出ていくつもりだったんでしょうがっ！」

同じ十五歳だというのにフェイの口調はまるで兄か父のようだとリーレンは肩をすくめ

た。リーレンの世話をしてくれた女官がフェイの母親で、フェイはリーレンの遊び相手として子どもの頃から城に上がっている。兄弟のように育ってきたせいか太子であるリーレンに対してあまり遠慮がない。リーレンもそれを全く気にしておらず、二人の関係は主と従者というよりは気の合う幼なじみといったところだ。

「本当にフェイは心配性だな」

フェイの小言を笑って聞き流したリーレンは、いつものように月牙将軍と白虎の塑像に一礼し、いつものように廟を出て愛馬『赤駿』に跨がった。いつもと違っていたのは、騎乗した途端に赤駿が大きくいなないたことだった。

「赤駿？」

訝るリーレンが声をかけると同時に赤駿が後ろ脚を大きく蹴り上げる。もう一度いないた赤駿は、リーレンを振り落とさんばかりの勢いで丘を駆け上り始めた。

「リーレン様ッ！」

フェイの声が聞こえたが、それが一瞬にして遠くなる。今にも振り落とされそうになったリーレンは必死で手綱を摑んだ。そのまま何度か引いてみたが、赤駿は全速力で走りながら暴れ回る。

「赤駿、どうしたんだ！」

　赤駿は仔馬の頃からリーレンが可愛がっている馬で、今まで一度もこんなふうに暴れたことなどなかった。城から出た時は全くいつも通りだったため、なぜこんな状態になっているのかリーレンには見当もつかない。

「落ち着くんだ、赤駿！」

　言ったところで馬が人語を理解するはずもない。こういう時、獣語の通訳である貉隷ならば馬と意思の疎通ができるのにと思いつつ、リーレンは再び手綱を引いた。だが、赤駿は後ろ足を蹴り上げて背に乗っているリーレンを振り落とそうとするばかりだ。

「まずい……」

　このままでは確実に落馬してしまうだろう。暴れ馬から振り落とされて無事で済むわけがない。落とされる際に後ろ脚で蹴り上げられるか、さもなくば地面に落ちた途端に踏みつけられるかのどちらかだ。そうならなくても、疾走する馬から落ちれば間違いなく大怪我をする。

　どうしたものかと思いつつ必死で赤駿を鎮めようとしていると、ふと前方に人影が見えた。赤駿は暴れながら真っ直ぐにその人物のいる方向に向かって走っていく。

「危ないッ！」

　叫んだものの、そうしたところで赤駿が止まるはずもない。

進行方向に立っているのは若い男のようだった。男はその場から動こうともせずに狂ったように暴れる馬をじっと見ている。

このままでは赤駿があの人を弾き飛ばしてしまう――。

リーレンが思ったその時、男が叫んだ。

「手綱の片側を引け！　馬の首を横に向けるんだ！」

訳がわからないままリーレンは男の言葉通り右の手綱を引いた。馬首が右に逸れると、一瞬赤駿の動きが鈍くなる。

「次は左を引け！　左右何回か繰り返すんだ！」

男に言われるままリーレンは左の手綱を引き、直後にまた右側を引いた。立て続けに首を左右に振られた赤駿の歩調がわずかに緩む。次の瞬間、駆け寄ってきた男は赤駿の手綱を無造作に摑んだ。

「手綱から手を放せ！」

言われるままリーレンが手綱から手を放すと、赤駿が再び後ろ脚を蹴り上げる。ふわりと浮くような感覚がすると同時に、視界が傾いだ。見えるはずのない空が目に入り、リーレンは自分の体が宙に放り出されたのだとわかった。

落ちる――！

このまま地面に叩きつけられると思った瞬間、腰をぐっと抱き寄せられた。体を打ちつけられる痛みは一向に訪れず、代わりに背と腰に回された力強い腕がリーレンの体を強く抱き締める。

「大丈夫か？」

ふいに耳元で囁かれ驚いて顔を上げた。

「え……？」

目に飛び込んできたのは、蛍石のような透明感のある青い瞳だった。その薄青色の双眸がリーレンの顔を覗き込んでいる。

リーレンはぽかんとした表情で男を見上げた。

変わった目の色もさることながら、男の髪は雪山のように真っ白で、どう見ても中原に住む者の風貌とは思えない。いや、背格好や顔立ちは中原の人間のものなのだが、髪の色と目の色が明らかに違うのだ。

しかも、なぜかリーレンはこの男に見覚えがある気がした。こんなにも変わった色の髪と目をしているのだからどこかで会っていればかなり印象に残っているはずなのに、男とどこで会ったのかちっとも思い出せない。何より男の目を見ていると、体の芯が震えるような錯覚に囚われた。

自分は間違いなくこの男を知っている。ずっと……ずっと昔から――。

「大丈夫か？　怪我は？」

もう一度尋ねられ、リーレンははたと我に返った。どうやら地面に叩きつけられる寸前にこの男に抱き留められたらしい。いったいどれほどの膂力なのか、巨軀とは言い難いにもかかわらず男はリーレンを軽々と抱き上げていた。

それよりも、自分がすがりつくように男の首に腕を回しているという事実にリーレンは激しく狼狽した。これではまるで恋人同士が抱擁しあっているようではないか。

恋人同士の抱擁と思った瞬間、かっと顔が熱くなった。

十五歳は大人と言える年ではないが、子どもという年でもない。助けてもらっておきながらとは思うのだが、一応いっぱしの男のつもりでいるリーレンにとって、膝の裏と背に腕が回されたままの状態で男に抱かれているのはやはり恥ずかしいものがある。

「あ……あの、下ろしていただけませんか……」

「ああ？」

「わ……私は女人ではないので……その、こういうふうに抱かれているのはちょっと……」

「ん？　ああ、そうか。それもそうだな」

苦笑した男が、リーレンを足下からそっと下ろす。ようやく地に足がついたリーレンは、ほっと息をついて正面に立つ男を見上げた。

こうして見てみると男は意外にも背が高くがっしりとしていた。やや開いた襟から見える胸元も、隆々とした筋肉に覆われている。そんな男の姿に、リーレンは自分にはまだ備わっていない『大人の男』を嫌でも感じさせられた。

兵士なのだろうか、男は腰に剣を佩いていた。柄は布で覆われているが、かなり大ぶりで少し変わった文様の鞘に収められている。その文様をどこかで見たような気がするものの、これもまたどこで見たのか思い出せない。

白髪碧眼の男、そして変わった文様の鞘に収められた剣になぜか郷愁のようなものを感じ、リーレンは首を傾げた。

「あの……私はあなたとどこかで会っていないでしょうか？」

ぽつりと言った後、まだ助けてもらった礼を言っていないことに気づき、慌てて言葉を付け足す。

「すみません、その前にお礼を。私はリーレンと申します。助けてくださってありがとうございました」

あえて身分は告げずに名だけを名乗ると、一瞬男が訝るような顔をした。尚の太子だと気づかれたのだろうかとも思ったが、リーレンという名はさほど珍しい名でもない上、こんなところに尚の太子が一人でいるなど誰も思わないだろう。男もそれ以上追及することなく、遠くからとぼとぼと戻ってくる赤駿に向かって手を上げた。

ようやく落ち着いたのだろう、近づいてきた赤駿が小さく声を上げてリーレンに首をすり寄せてくる。

「背中が痛かったそうだ」

男にそう言われ、リーレンはぽかんとした。

「背中？」

「鞍(くら)が傷んでるんだ。背に何かが当たっていて、あんたが乗ったら痛かったらしい」

「えっ？」

驚いたリーレンは慌てて赤駿の背から鞍と下鞍を外す。鞍を見てみると、背に当たる部分の革の糸が解(ほつ)れていて角が出てしまっていた。リーレンが騎乗することでそれが赤駿の背に刺さっていたらしい。

「これが当たって痛かったのか……ごめん、赤駿。気づかなくて悪かった」

詫(わ)びるリーレンに、赤駿がまた小さく声を上げる。

「こっちこそ悪かった——だそうだ」

そう言った男をリーレンはまたも呆然とした面持ちで見やった。

この男は赤駿と――馬と会話をしている。これを会話と言っていいのかどうか悩むところだが、紛れもなく意思の疎通ができているのはわかる。

暴れ馬に駆け寄って手綱を引き、宙に投げ出されたリーレンを難なく受け止めただけでなく、馬と会話をしている。いったいこの男は何者なのだろうか。

そんな疑問が表情に出ていたのだろう。小さく笑った男は、乱れた髪に絡みついていた紐をするりと解いた。

その瞬間、白糸のような長い髪がふわりと風に舞う。まるで薄い絹が空に広げられたかのようで、リーレンはその美しさに思わず目を奪われた。

肩に流れる髪を無造作に払い、男が破顔する。

「ああ、俺は獣人だからな。馬が何を言っているのかくらいわかる。力も中原の人間よりは若干強いんでな」

「獣人……」

ぽつりと呟き、リーレンは男を見つめた。

かつて尚にも獣人はいた。獣語の通訳ができる貉隷という官職があり、獣人が主にその役目に就いていたのだが、今はその職もなくなっている。リーレンが物心ついた頃には、もう獣人の姿を城で見ることはなくなっていた。

獣人だというのならば男の白い髪も青い瞳も納得がいく。だが、男の顔はどう見ても人間のもので、獣の耳もなければ牙も尻尾も生えていなかった。獣人は基本的に人間と同じく二本足で歩行するし、体つきもほぼ人間と変わらない。ただ、首から上が獣状態の者が多く、頭が獣、体が人間という者たちがほとんどだと聞いている。人間に獣の耳や尻尾が生えている半獣もいるが、この男のように髪と目の色だけが人と違っているというのはかなり珍しい部類だろう。人間界ではなく鬼界の住人だと言われても納得してしまいそうになる。

男の顔を相当無遠慮に眺めていたのだろう、乱れた髪を結び直していた男がふいにくすっと笑った。

「獣人が珍しいか？」

心の内を見透かされたように尋ねられ、言葉に詰まる。

「え……？　いえ……」

そんなことはないと言いかけ、結局リーレンは素直に「はい」と答えた。

「すみません。尚には獣人がいないので、私も一度も会ったことがなくて。お顔をじろじろと見てしまって失礼しました」

「別に気にしなくていい。人に見られるのは慣れてるからな」

もう一度笑みを浮かべた男は、自分は琅国の人間だと告げた。

琅は尚の西に位置する南北に長い国だった。尚に並ぶ古い国で獣人が多く住み、歴代の琅王も獣人だ。その王が率いる獣人兵は勇猛果敢と有名だが、基本的に他国に不干渉を貫いていて交流も少なく、謎に満ちた国でもある。男がその琅の民だと知り、リーレンは瞳を輝かせた。

「琅国の方なのですか？」

いきなり前のめりに食いついてきたリーレンに男が驚いたような顔をする。

「……それがどうかしたのか？」

「琅王様は白虎の獣人だと聞いているのですが、本当なのですか？」

「あ……ああ。そうだが――」

だからどうしたと言わんばかりの男に、リーレンは憧れが籠もった眼差しを向けた。

「私は武神月牙将軍を信心しているのですが、月牙将軍は神獣白虎を従えているでしょう？　この丘の廟にも将軍と白虎の神像があって、古いものなのですがけっこう良い造りなので私のお気に入りなんです。将軍はもちろんなのですが、特に従えている白虎がとてもいい顔をしていて、それで――」

顔がいい、姿がいい、迫力はあるがよく見ると目元が愛くるしい等、放っておいたらいつまでも白虎の素晴らしさを語っていそうなリーレンの様子に、男がくすっと笑い声を漏らす。

「随分と白虎が好きなんだな」

「ええ、それはもう！　でも、月牙将軍の廟は尚にはもうここにしかなくて……」

「今時、月牙将軍の廟が一宇でもある方が珍しいんじゃないのか？」

男にそう言われ、リーレンは肩を落とした。

男の言う通りだった。大昔に天界を追われた神仙を知る者など今はほとんどいない。追われた理由さえも人々は既に忘れてしまっている。日頃からそのことを憤っているリーレンは、思わず柳眉(りゅうび)を逆立てた。

「月牙将軍は尚国の始祖王シャオリンを助けて天界を追われたんです。尚国の今があるのは将軍のおかげです。なのに皆はそれを忘れてしまっている……尚国の者が将軍を祀らなければ誰が祀るんでしょう。それに――」

「それに？」

続きを促した男にリーレンはまたもや瞳を輝かせた。

「私は月牙将軍のように昇仙して神仙になりたいんです」

「はぁ？　神仙に？」

男が素っ頓狂な声を上げたが、リーレンは全く気にすることなく笑って言った。

「はい。生きとし生けるもの全てを救済するのが神仙なのでしょう？　私もぜひそうありたいと思っています。だから月牙将軍のように神仙になりたくて、師のもとで修行もしているんです」

一瞬何かを言いたげに男が口を開いたが、結局何も言うことなくまた口を閉ざす。それを少しばかり訝りつつ、リーレンは言葉を続けた。

「以前、琅王様が白虎の獣人だと聞いて、どんな方なのかずっと気になっていたのです。あなたは琅の方だそうですが、実際に琅王様のお姿をご覧になったことはありますか？」

「まあ、あることはあるが……」

「あるのですか？　琅王様はどのような方なのですか？　本当に白虎なんですか？」

本当に食いつかんばかりの勢いで尋ねるリーレンに戸惑いつつ、男は「ああ」と頷いた。

「琅王は白虎の獣人で、獣型は巨大な白虎だ。普段はずっと獣人型をしていて頭が虎で体が人間、長い尻尾がある。滅多に民の前に姿を見せないから、毎年新年の参賀には皇城の前に民が押し寄せるんだが――」

「皇城の前に民が……あぁ……、琅の民は皆、王のお姿を一目見ようと集まってくるのですね。なんて羨ましい。私もぜひ琅王様にお目にかかりたい……できれば獣型になられている琅王様に……」

恋する乙女のごとくうっとりと目を細めたリーレンを、男が呆れた眼差しでしげしげと眺める。

「獣型の？　会ってどうする？　ただの虎だぞ？」

「虎だからこそですよ。ぜひお目にかかって……腹の毛を撫でてみたい……」

「はぁ？」

男がまたもや素っ頓狂な声を上げた。だが、リーレンは全くかまうことなく笑みを浮かべて両手の指を組む。

「だって気持ちよさそうじゃないですか。腹の毛とか、耳の後ろの毛とか……」

「腹と耳の裏って……神仙になって琅王を従えたいとか、使役したいとか、そういうことではなく？」

「琅王様を従えるとか使役するとか、そんなとんでもない。畏れ多いにもほどがあるではないですか。私はただ琅王様にお目にかかって毛を撫でてみたいだけです！」

その方がもっと畏れ多いだろうという言葉を飲み込むように男が押し黙る。リーレンが小首を傾げていると、男は突然ぷっと吹き出した。

「あの……私は何かおかしなことでも言いましたか？」

困惑ぎみに尋ねたリーレンに、男が必死で笑いを咬み殺す。

「いや、気にしないでくれ。まあ、そうだな……琅王の機嫌が良かったら腹くらい撫でさせてくれるんじゃないか？」

「そうでしょうか？」

琅王に一目会いたい、柔らかな毛に触れたいとリーレンが繰り返し口にしていると、遠くからフェイの声が聞こえてきた。

走り去った赤駿を追ってようやくここまでたどり着いたのだろう。丘の上から息せき切って走ってくるフェイに、リーレンは「ここだ」と軽く手を上げ、改めて礼を言おうと男を振り返る。

「今日は本当にありが……あれ？」

振り返った先に男の姿はなかった。今の今まで話をしていたというのにその場から忽然と姿を消していて、周囲を見回しても人影ひとつない。

「え……？」

辺りに姿を隠せるような建物はおろか木の一本すら生えておらず、リーレンは思わず首を傾げた。

「リーレン様っ！　大丈夫ですかっ？　お怪我はっ？」

丘の上から駆け下りてきたフェイが息を切らしながら矢継ぎ早に尋ねてくる。

「ああ、うん。大丈夫。それよりフェイ、真っ白な髪をした男の人を見なかったか？」

「は？　白髪の老人ですか？」

訝るフェイにリーレンは首を傾げつつ言った。

「いや、そうじゃなくて、腰に剣を佩いた若い男の人なんだけど――」

「そんな人はどこにもいませんよ。さっきからここにはリーレン様と赤駿しかいませんでしたし、だいたい白髪の若い男って何なんですか。馬から落ちた時に頭を打って幻でも見たんですか？　それか幽鬼か……まあ、真っ昼間に出てくる幽鬼なんていないでしょうけど。とりあえず、城に戻ったら侍医にちゃんと頭を診てもらいましょう」

「いや、落馬はしてないから頭は大丈夫。本当にさっきまでここにいたんだけどな……」

もう一度辺りを見回し、リーレンはまた首を傾げた。

先ほどまで話していたのは本当に幽鬼だったのだろうか。いや、幽鬼にしてはあまりにも害がなさそうだった。何より、男は馬から振り落とされたリーレンを助けてくれたのだ。人を食らう幽鬼はいても助ける幽鬼など聞いたこともない。

「確か獣人だって言ってたけど……もしかすると野ネズミの獣人だったのかな……？」

ネズミくらいの大きさならば、獣型になった際に見失っても仕方がない。獣人がどうやって姿形を変えるのか見てみたかった気もするが、男は既に姿を消してしまっている。それにしてもだ――。

「なんとなくあの人に見覚えがあるんだけどな……」

男の風貌、声音、ふとした仕草の全てが記憶のどこかにあるような気がして仕方がない。幼い頃に会っているのだろうかと記憶の糸をたぐってみたものの、思い出せることは何もなかった。結局気のせいだろうと肩をすくめ、リーレンはうんと伸びをした。

赤駿が全力疾走してくれたおかげで、城から随分離れたところまで来てしまった。しかも鞍が傷んでいてはその赤駿に乗って帰るわけにもいかない。フェイがなんとか鞍のほころびを直そうとしているが、道具もない状態ではどうしようもないだろう。

「フェイ、諦めて歩いて帰ろう」

そう言ったリーレンを、フェイが恨みがましそうな目で見上げた。

「歩いてって……城まで相当な距離ですよ？」

「仕方ない。日が暮れるまでに城門にたどり着けるよう頑張るしかないな。閉門時刻までに戻れなかったら城の前で野宿だ」

「尚国の太子が自国の城から閉め出されて野宿って、なんの笑い話なんですか……」

「うん。だから、そうならないよう頑張って歩こう。ほら、もたもたしていると日が暮れてしまう」

下ってきた丘をリーレンは意気揚々と登っていく。その後ろを、赤駿の轡(くつわ)を引きながらフェイはため息交じりにとぼとぼと登っていった。

◆　◆　◆

緩やかな丘を二人と一頭の影が登っていく。その様子を眺めていた男は、ふっと小さく息をついた。

「あの気は間違いないと思ったんだがな……」

ぽつりと呟き、隠形で隠していた姿を再び現す。丘の上に漆黒の影を落とすと、男はまたもや解(ほど)けかけていた髪の紐を鬱陶(うっとう)しげに外した。白い髪を風になびかせ、丘の向こうに消えていく少年をじっと見つめる。

「俺に気づかないということは、今生もまた記憶がないということか……」

もう一度ついた長いため息には、若干の諦めが込められていた。

あれからもう何年が過ぎただろうか。いい加減数える気も失せてくる。そろそろ潮時なのかと思いつつも、どうしても諦めきれなかった。そんな未練がましい自分がほとほと嫌になってくる。だが、少年はどこかで会った気がすると言ってくれた。それに一縷の望みをかけられないだろうか。

そう思いながら自嘲ぎみに笑っていると、腰に佩いている剣が微かに震えた。カタカタと音を立てるそれに目をやり、男はまた笑う。

「本当に諦めが悪いな、俺もおまえも――」

宥めるように布でくるまれた剣の柄を撫でた男は、少年が去っていった丘に目を向けた。自分の諦めの悪さは自覚している。そうでなければ、こんなにも長い年月の間待ち続けることなどできない。

今度こそはと思いながらここまでやってきた。ようやく会えたと思ったら、尚の太子として生まれているとはいったいなんの冗談なのだろうか。そう思いつつも、先ほど会ったばかりの少年を思い出すと、何やら笑いが込み上げてきた。

「腹毛を撫でたい――か。天真爛漫というかなんというか……今回は随分変わった子どもになったもんだ」

ひとしきりくすくす笑い、男は再び姿を消す。後に残されたのは夕日で赤く染まった緩やかな丘だけだった。

第二章

太子リーレンが二十歳を迎えた年、尚の王都碧宿で加冠の儀式が盛大に執り行われた。先祖を祀る宗廟で冠礼を終えたリーレンは、この日を以て尚国の正式な王位継承者となった。朝議への列席が認められ、発言も可能になる。

聡明なリーレン太子が正式に王位継承者になったことを、臣も民もことのほか喜んだ。尚国の繁栄と安寧はこれで約束されたと皆が歓喜したその熱も冷めやらぬわずか数日後に事は起きた。

「喬が国境を侵したというのはまことか？」

玉座の上から家臣に向けてそう発言したのは尚王だった。朝議に集まっている家臣たちも今ひとつ状況が摑めていないらしく、丞相が口を開くのを待っている。

「王に申し上げます。二日前に喬との国境近くにある観陵城が落とされましてございます。観陵の城主と民は……喬軍に皆殺しにされたと……」

そのまま言葉を詰まらせた丞相の様子に、尚王、そして大殿に集まっている家臣たちが息を呑んだ。

　喬は尚の南東に位置する国で、周辺の小国を次々に併合し、今や飛ぶ鳥を落とす勢いで領土を広げている。喬王は残虐な王と名高く、兵を率いる将軍たちもまた同様だ。喬に攻め落とされた城の民は皆殺しの憂き目に遭い、落城の際はその骸が山のように積まれると聞く。その喬がいよいよ尚にも手を伸ばしてきたのだ。

「直ちに兵五万を向かわせましたが、喬軍の勢いは凄まじく、苦戦しているとのことでございます」

　尚王が尋ねると、大司馬が口を開いた。

「喬の軍勢は今はどの辺りだ？」

「観陵を抜け、街道を通って東儀へ向かっていると――」

　東儀と聞き、その場にいた皆が一気にざわめく。東儀が落ちれば喬の兵は真っ直ぐに尚の王都まで攻め込める。東儀はいわば尚の国門ともいえる関塞だ。山間に聳え立つ巨大な城壁が唯一の狭い道の前に立ち塞がり、周囲は切り立った山々に囲まれている。ここを抜くのは至難のわざと言えるだろう。どこの城よりも備えは万全だが、万が一にも東儀が落ちてしまえば、尚の王都は丸裸にされたも同然だ。

　玉座のすぐ側で丞相や大司馬の報告を聞いていたリーレンは、ちらりと父王に目を向けた。頭を抱えていた尚王が、その視線に気づいて口を開く。

「リーレン、何かあるのか？　あるなら申してみよ」

加冠したばかりの若い太子が静かに前に進み出ると、家臣たちが皆そちらに目を向けた。

深い藍色の深衣を身に纏った長身の青年は、長い髪を背に垂らしていた。頭頂にある銀色の小さな冠が、彼が冠礼を終えたことを物語っている。

父ではなく美姫と名高い母に似たのだろう、秀麗な目鼻立ちはもとより、艶やかな黒髪に縁取られた顔は雪を欺くかのような白さだった。桃李のような色味の唇がその白さをいっそう引き立てている。

天の寵愛を一身に受けたような容貌だが、別にリーレンは女性めいているわけではなかった。長身で、むしろ剣を携える武官のような趣さえある。武装すれば廟に祀られている古の王シャオリンの像のような美しさだろうと、宮女たちが日頃から噂するほどだ。

ゆっくりと前に出たリーレンは、玉座の父王に向かって拱手した。

「父王に申し上げます。東儀の守りは万全かと思いますが、万が一の備えとして西の琅と同盟を結ばれてはいかがでしょうか」

「琅と？」

王はもちろん、その国の名を聞いた家臣たちが一斉にざわついた。

「どういうことだ、リーレン」

「喬と一戦を交えている間に南方の範が攻めてこないと限りません。背後の憂いを断つために も、我が尚の領土の西側全てと国境を面している琅との強固な同盟が不可欠かと」

「琅は他国に不干渉を貫いている。あの琅王がなんの益もなく同盟になど応じぬと思うが」

　尚王が『あの』とわざわざ付け足すところに含むものがあった。広間の家臣たちも、その通りだとばかりに頷いている。だが、それらを遮るようにリーレンは言った。

「琅王が他国のいざこざに不干渉なのは存じています。滅多なことでは動かないということも。ならば琅王に益を示せばよろしいのでは？　さしずめ我が尚と琅との国境にある陽山城。この城を明け渡すと言えば、あの琅王も多少は考えると思いますが」

「陽山か。だが、あの城は我が尚にとっても交易の要とも言える場所。それを明け渡すとなると……」

　難色を示す尚王に、リーレンは小さく笑う。

「陽山が交易の要となっているのは尚、琅、喬、範、いずれの国の国境からも近いからです。陽山のすぐ横にある喬との国境の断崖は天然の要塞と言われていますが、喬が抜けないわけではありません。しかも陽山は尚の王都から遠い。あそこを琅に守ってもらうのだと思えばいいではないですか。そもそも陽山が喬に落とされるようなことがあれば、琅にとっても手痛いはず」

「確かにそうなのだが……」

顎髭を撫でつつ、尚王は眉間に皺を刻ませる。

尚の西にある琅は獣人の国だった。民の多くは獣人で、琅王もまた獣人だ。獣人のための獣人の国と言っても過言ではない。

喬はことのほか獣人を嫌悪していて、獣人をどう扱おうが――最悪、殺めてしまっても罪にならない。むしろ率先して迫害しようとする。陽山が友好国の尚の領土であるからこそ、琅は今までこの周辺の国境に兵力を割かずに済んできた。万が一にもその陽山が喬の手に落ちるようなことがあれば、琅は民を守るために膨大な兵力をそこに割かなければならなくなるだろう。

国境近くの城はそうでなくても戦場になりやすい。陽山を引き渡してその守りを琅に押しつけ、ついでに尚が喬と戦う間に南の範が背後を突かないよう盟約を結ぶ。こんな手前勝手な同盟に果たして琅王が応じてくれるだろうか。

「リーレン。琅王はそこまで愚かではないぞ。陽山ひとつで動くとは思えん」

「そうでしょうね。ですから私が琅に赴きます。琅に行って琅王と交渉をして参ります」

リーレンが言った途端、広間の家臣たちがざわめきたった。

「リーレン太子が琅に？」

「いや、それは駄目だ。あの国は獣人の国だぞ」

「人を食うという噂がある蛮族の巣窟に太子殿下を行かせるわけにはいかないだろう」

口々に言い合う家臣たちにリーレンはちらりと目を向けた。喬は獣人を嫌悪しているが、尚もあまり大差ないと内心思う。嫌悪まではいかなくても、家臣たちの言葉の端々からは獣人に対する侮蔑の念が嫌というほど感じられた。

獣人を悪し様に罵る家臣たちに内心でため息をつきつつ、リーレンは父王に向き直った。

「交渉にあたって生半可な使者では琅王は動いてくれないでしょう。ならば使者は王族が適任かと」

「それはそうだが、そなたはもう我が尚の正式な王位継承者なのだぞ」

「王位継承者たる私だからこそ使者となる意味があります」

きっぱりと言い切ったリーレンに、尚王が小さくため息をつく。

「わかっているのか、リーレン。皆も言っている通り、琅は獣人の国。蛮族の巣窟だ。琅王も獣人で凶暴な虎だと聞いている。行けばそのまま人質にされるか、最悪、食い殺されてしまうかもしれないのだぞ」

「その時はその時。もしも私が戻らなくてもコウリンがいるではありませんか。コウリンは兄の私から見ても聡明な子です。そもそも、同じ王族でもコウリンを使者に立てるより私が行く方が事は丸く収まるでしょうし」

リーレンの後の言葉には若干の自虐が込められていた。

リーレンにとってコウリンは年の離れたかわいい弟だが、母親が違う。リーレンの母は身分の低い宮女で、コウリンの母は尚国の王族に繋がる宮家の出身だ。王は分け隔てなく二人の息子を愛したが、やはり何かにつけ母の実家の影響力がものを言う。加冠したリーレンが正式に王位継承者となったものの、もともとはリーレンではなくコウリンを次期国王にという声が大きかったのだ。

それに、まだ十歳の子どもでしかないコウリンを使者に立てても琅王に鼻で笑われるのが関の山だろうし、それこそ万が一のことでも起これば母方の宮家が大騒ぎをする。最悪、尚と琅との間で戦になりかねない。

「交渉には私が赴くのが一番でしょう。父王、どうかこのリーレンに使者に立つようお命じください」

「だが……そなたはそれでよいのか？」

苦虫を噛みつぶしたような顔でそう言った尚王に、リーレンは穏やかな笑みを浮かべた。

「千年に亙って栄えてきた我が国が喬に蹂躙されるのを黙って見ているくらいなら、私はこの身を賭して尚の太子としての役目を果たしますよ」

その二日後、太子リーレンは従者のフェイと文官数名、それに形ばかりの護衛だけを連れて琅に向かった。冠礼の儀式を終えてから、わずか十日ばかり後の出来事だった。

第三章

荒涼たる街道を四頭立ての大型の軒車、そしてやや小ぶりの馬車が走っていく。

馬車の中でも天蓋も覆いもある軒車はそこそこ大きく、リーレンと従者であるフェイ、護衛の大僕が二人の合計四人が中にいても狭さはあまり感じない。造りは王族の乗り物というだけあって豪華だが、かといって乗り心地がいいかと言われるとさほどでもないため、悪路に当たると軒車全体が激しく揺れて舌を嚙みそうになる。前後左右に上下と体を揺らされ、フェイなどはずっと青い顔をしていた。

三日前に尚の王都を出たリーレンと文官たちは、途中でいくつかの城に立ち寄った後、琅との国境に着いた。国境と言っても大地に線引きがされているわけでもなく、境目はけっこう曖昧だ。早朝、自国最後の城を後にしたリーレンたちが遠くに琅の旗を掲げた城郭を目にしたのは、昼を過ぎた頃だった。

琅の旗を掲げた城をいくつか眺めながら街道を走り、山間の細い道を抜けて川を渡ると、いきなり目の前が大きく開けた。広い平地の正面に突如として姿を現したのは巨大な城郭だった。

尚の城と同じような四角い城郭なのだが、明らかに造りが違っていた。正面には半円形の甕城(おうじょう)が突き出していて、堀を隔てた城壁に三つ、甕城に一つ物見櫓(ものみやぐら)としての巨大な望楼があり、その城壁の高さときたら軽く十丈を超えている。城壁の幅も三丈以上はありそうだった。この城を落とそうと思えば相当な数の攻城車を用意しなければ、城門にたどり着くことさえできないだろう。

難攻不落の巨城。それが琅国の王都白洛(はくらく)を初めて目にしたリーレンの印象だった。

「すごい……」

リーレンがそう呟くと、大僕二人が無言で頷いた。尚の城壁もかなりの高さがあるが、琅のこれは同じくらい高く、しかも尚のものよりも堅牢(けんろう)に見える。城門の前に立つ兵の姿がはっきり見えてくると、リーレンは思わず身を乗り出した。

「フェイ、獣人兵だ」

声をかけたものの、フェイは青い顔をして俯(うつむ)いたままだった。さすがに馬や馬車に乗り慣れている大僕二人は平然としていたが、全く疲れを見せないリーレンにやや呆れている感も否めない。

「琅なんですから獣人兵くらいいるでしょう……といいますか、こんなに酷(ひど)い揺れだというのに、どうしてあなたはそんなに平気でいられるんですか……」

　ちらりとリーレンに目を向けたフェイがうんざりした面持ちでぼやく。おそらく大僕たちもフェイと同じことを思っていたのだろう、笑いを堪えるかのようにわざと眉間に皺を寄せて厳めしい表情をしている。

「どうしてって……」

　どうしてと問われても、平気なものは平気だとしかリーレンには言いようがなかった。道中で立ち寄った城も歓待してくれたし、道は悪いものの街道を走っていると普段目にすることのない風景が広がっていて十分楽しい。正直なところ、乗り物に酔っている暇などなかった。ましてや目の前に広がっているのは、天に向かって聳え立つ城郭と、それを守る獣人兵という今まで見たこともない光景なのだ。

　リーレンたちを乗せた軒車が近づくと、琅の兵士たちが街道に沿って左右に整列する。正面には閉ざされた巨大な扉があり、その前に厳めしい鎧姿の巨漢の将がいた。軒車を先導していた護衛兵がその将にリーレンの来訪を告げると、巨大な扉が鈍い音を立てて開き始める。

　琅軍の兵による儀仗を受けつつ、リーレンたちが乗る軒車はすんなり琅の城門を通り抜け城の中へと入っていった。

　城門を抜ける際、リーレンは軒車の小窓からこっそり先ほどの巨漢の将を覗き見た。すぐ側を通った途端、息を呑む。単なる巨漢だと思っていたら、なんとその将は熊だったのだ。いや、熊の頭をした筋骨隆々たる人と言えばいいのだろうか。

「フェイ、さっきの将は熊の獣人だ」

　やや興奮ぎみに言うと、いささか興味を抱いたフェイが首を伸ばして外を覗く。だが、その瞬間に熊の将と目が合ってしまい、フェイは慌てて首をすくめた。

「熊と目が合ってしまったじゃないですかっ」

　別に食われるわけではあるまいしとリーレンが肩をすくめていると、フェイは大きなため息をついた。

「おいたわしい……どうして王太子であるリーレン様が獣人の国に同盟など求めにいかなければならないのです……国王様のなさりようはあまりに酷いではありませんか」

　尚の王都を出てからというもの、フェイは軒車の揺れに酔って具合を悪くしているか、今の状況を嘆くかのどちらかを繰り返していた。自分が仕える太子の身を案じてのことだろうが、当のリーレンは自分の置かれた状況が不幸だとはちっとも思っていなかった。むしろ、琅に行くいい口実ができたと喜んでいるくらいだ。

「そう嘆くな、フェイ。琅に行くと言ったのは私の方なんだから。それに、私はちょっとだけ楽しみなんだ」

「楽しみ？」

訝りつつフェイが繰り返す。

「ああ。琅王様は白虎の獣人だと聞いている。子どもの頃からずっとお目にかかりたかった琅王様にようやく会えるんだ。今から胸が躍るような気分だよ」

長年の思い人にでも会うようにうっとりと目を細めるリーレンを、フェイは憮然と見やった。

艶やかな黒髪を背に流す美貌の太子が微笑んでいる姿というのは、見ているだけでも心が洗われるようだ。子どもの頃から仕えているフェイですら、リーレンの容姿には時々見惚れることがある。

幼い頃より美童と褒めそやされたリーレンの容姿は、成人しても衰えることはなかった。それどころか、美しさと男っぽさが共存して、ある種の艶めかしさまで漂わせている。だが、その見た目に反して言動は子どもの頃と何も変わっていないとフェイは思った。

むろん、朝議の際のリーレンは、国を継ぐ王太子として申し分ない。王への進言も的確で的を射ており、既に王としての風格の片鱗さえ見せている。家臣たちには始祖王シャオリンの再来と言われているほどなのだが、公の場から一歩離れると、リーレンの頭の中は

十四、五歳の少年のままだった。
　相変わらず月牙廟に訪れては白虎の神像を嬉しそうに撫で回し、神仙になるという夢も捨てきれないのか、かつて仙であった師のもとで精神鍛錬の修行も怠らない。その修行が色欲を禁じているせいで、冠礼を終えても太子妃を娶らず、寵姫の一人もいないときている。あわよくばと寵姫の座を狙って色目を使う美しい宮女は数知れずいたが、リーレンはそんな彼女たちに見向きもしなかった。リーレンの目下の興味は、妍を競う美女ではなく白虎と仙なのだ。

「琅王様はどのような方なんだろうな。白虎の獣人とはいったいどんなお姿なんだろう。お目にかかるのが今から楽しみだ」

　早く会いたい、会ったら毛を撫でさせてもらえるだろうかと口にするリーレンに、フェイは呆れてものを言う気も失せていた。見た目は眉目秀麗な青年、頭の中は阿呆……いや、純真無垢な少年といった己の主をまじまじと見やり、フェイはまたため息をつく。

「どれだけ白虎が好きなんですか、あなたは……」

　そんなフェイのぼやきはリーレンの耳には届かない。ガタガタと鈍い音を立てながら、リーレンたちを乗せた軒車は琅の皇城に向かって走っていった。

◆　◆　◆

城門を通り抜けたリーレンたちの軒車は、そのまま琅の兵たちに警護されながら皇城に向かう広い大路を真っ直ぐ北へと進んだ。

途中に見えた白洛の街は、リーレンの想像以上に栄えていた。市は賑わい、さまざまな人々が通りを行き交っている。中原の人間と変わらぬ者もいれば、獣に近い者もいた。頭が犬で体が人という男が忙しげに巻物を持って歩いているかと思えば、その横を背に翼が生えた女が通り過ぎていく。市で食料でも買ったのだろう、野菜が入った籠を抱えた女は突然翼を広げたかと思うとそのまま空へ飛んでいってしまった。

「すごい……演義の世界みたいだ……」

獣人や半獣が当たり前のように街をゆく様子に、リーレンはひたすら驚嘆した。

やがて正面に見えてきた皇城もまた圧巻の一言に尽きた。

皇城も周囲をぐるりと城壁に囲まれていて、城自体の城壁よりは低いもののそれでも五丈近くはある。瑠璃瓦の屋根が延々と連なり、いったいどこまでそれが続くのか見当もつかない。この皇城の最奥にあるのが王の住まいである宮城なのだろうが、それがどの辺りなのか窺うこともできなかった。

琅は尚に次ぐ古い国だが、他国との交流が少なく、ましてや獣人の国と蔑まれていたため誰もが王都白洛の様子など知らなかった。王都といってもどうせ地方の小城程度のものだろうと高をくくっていて、まさかこんなにも大きな城だとは想像もしていなかったのだ。琅の王都白洛は、文献でしか知る由のない建国当初の尚の王都を想わせるものがあった。

琅王は思っている以上に手強いかもしれない——。

心の中でそう呟き、リーレンはまだ見ぬ白虎の獣人王に思いを馳せた。

この恐ろしく堅牢かつ巨大な城の主である琅王とは、いったいどのような人物なのだろうか。これからその琅王を相手に腹の探り合いをしなければならない。今から相まみえることになる琅王に、リーレンはいっそうの興味を抱かずにはいられなかった。

◆　◆　◆

皇城に入ったリーレンたちは、そのまま正面の大殿に通された。

殿の造りは街と同じくやはり尚のものと酷似していた。艶やかに光る床の石板も、壁にはめ込まれた格子窓の細工も、どことなく古の尚を思わせる。

広間にずらりと並んでいる琅の家臣たちは言うまでもなくほとんどが獣人だった。官服を着込んだ獣人たちが居並ぶ様子というのはなかなかに圧巻だ。そんな中、最奥の上段の玉座に琅王はいた。ただし、玉座の前に薄い布が垂れ下がっていて姿がはっきりと見えない。

本当に白虎なのだろうか。そう思いつつ、リーレンは玉座を凝視する。その時、玉座から低い声が殷殷と響いてきた。

「尚の太子が我が琅に何の用だ？」

さして大声ではないにもかかわらず、その声が大殿全体に響き渡る。問い質すような言葉と同時に、玉座の前の布が左右に開いた。

花鳥風月が彫り込まれた黒檀の玉座にいたのは、まさしく白虎の獣人だった。白い虎頭の下は黒の袞衣で、尚ではあまり見たことのないような文様が刺繍されている。

琅王の姿を目にした途端、リーレンの鼓動が一気に高鳴った。

本当に白虎の獣人だ——。

心の中でそう呟いたものの、胸の高鳴りの原因は子どもの頃からの憧れの対象に出会えた喜びからというだけではなかった。別の何かがリーレンの心を激しく震わせている。

それは獣人に対する恐れでもなければ、他国の王に圧倒されたわけでもない。ただ琅王の姿を見た途端に不思議なほど回顧の念を催させられ、胸の奥がきゅっと締めつけられるような感覚に苛まれたのだ。

初めて会った他国の王に対して懐かしさを覚えてしまうのは、いったいどういうことなのだろうか。自分の気持ちがよくわからないまま、リーレンは琅王に向かって拱手した。

「琅王様に拝謁いたします。尚国が太子、リーレンにございます」

リーレンの朗朗たる声が流れると、琅の家臣たちの間で感嘆の声が上がる。だが、それは決して好意的なものではなかった。

「ほう。我が王の姿に怯えを見せぬとは、尚の太子は見た目と違ってなかなか肝が据わっているな」

「見目麗しいのはもちろんだが、なんとも美しい声ではないか。果たして夜はどんな声で鳴くのやら」

「いやいや、全く。容姿は桃李の花と見まごうばかり。孌童として侍らせ、あの黒髪と白玉のような肌をじっくり撫でてみたいものだ」

男色の相手を指す孌童という言葉を耳にした途端、フェイが眉間に皺を寄せた。あからさますぎる性的な揶揄だったが、リーレンはそれを無視して琅王に向き直る。

「今回まかり越したる用向きは、先に書簡にてお知らせいたしました通りでございます。

琅王様のお返事を伺いたく――」

そう言ったリーレンに琅王がちらりと目を向ける。虎頭のせいで表情が全く窺い知れないが、なんとなく面白がっているような雰囲気だとリーレンは思った。

肘掛け(ひじか)に片肘をついた琅王は、体を傾がせたままリーレンたちを睥睨(へいげい)している。リーレン、後ろに控える文官たち、フェイ、護衛の大僕二人を順に眺め、またリーレンに視線を戻した琅王は、面倒くさそうに虎頭の髭を揺らした。

「返事か。喬が尚に侵攻してきているのは知っている。国境の城がいくつか陥落したそうだな」

「観稜と周辺の城を二城――」

「なるほど。喬の蛮族に城の民を皆殺しにされたか」

リーレンが無言で頷くと、琅王がもぞりと体を動かした。

「尚は我が琅と同盟を結びたいそうだな。喬と腰を据えて戦うために南側の範という憂いを残したくないということか？　琅に範を見張っておけと？」

「それもあります」

「それも？　他にも何かあるのか？」

琅王がもしも人の顔ならば、きっと片眉(かたまゆ)を跳ね上げているような表情だったに違いない。

続きを促すような口ぶりに、リーレンはすがすがしいほどの笑みを浮かべて言った。

「琅から少しばかり援軍を出してもらえないかと思い、お願いに上がりました」

それを聞いた途端、琅の家臣たちがいっせいにどよめいた。虫のいい話だと嘲る者、ただ唸り声を上げる者、愚かなと哀れみの嘆息をつく者、言葉に出さずとも反対の意を示す家臣たちに向かって琅王が軽く手を上げる。大殿が再びしんと静まり返ると、琅王は傾がせていた体をゆっくりと起こした。

「尚に援軍を出して琅に何の得がある？　我が兵に尚のために死ねと言えないのだがな」

「見返りとして琅との国境にある陽山を割譲するつもりでおります。陽山は大河にも面していて交易の要として申し分のない城かと思いますが」

だが、琅王は肩を揺らして小さく笑い声を漏らした。

「陽山は確かに交易の要だが、喬と国境を接している場所でもある。あれを我が国に押しつけて喬から守らせようという腹づもりなのだろう。陽山は尚の王都からかなり距離があるからな」

そう言った琅王の瞳孔がふと小さくなる。まるで獲物を狙っているかのような視線を向けられたが、リーレンは臆することなく笑みをいっそう深くした。

「さすが琅王様。おっしゃる通りです。ですが、万が一陽山の城が喬に落とされるようなことになれば、琅としても困ったことになるのでは？」

　喬は獣人をことのほか嫌悪している。陽山は尚の領土だが、これが万が一喬の手に落ちれば、琅は喬と守りの薄い場所で直接国境を接することになる。これは琅にとって災いでしかないだろう。

「尚は陽山を死に物狂いで守る気はないということか」

「誰も落とされたくて城を落とされているわけではありません。守りたくても守り切れない時もあります」

「守りたくても守り切れない——か。確かにな」

　意味深に言葉を繰り返した琅王は、しばし逡巡（しゅんじゅん）する素振りを見せると、唐突にふんと小さく鼻を鳴らした。

「わかった。陽山は貰（もら）い受けよう。同盟も承知した」

「では——」

「ただし」

　言いかけたリーレンの言葉を琅王が遮る。

「ただし、援軍の件は話が別だ。陽山一城ごときでは話にならん」

「琅王様は他に何かお望みのものがおありでしょうか」

「そうだな……」

言葉を区切った琅王が再びリーレンに目を向ける。濃い藍色の深衣に身を包んだリーレンをしばし眺めた琅王は、何かを含むように小さく笑った。

「たとえば……そなたが我が寝所に侍り、子でも産むというなら考えてやってもいいぞ」

その言葉を聞いた琅の家臣たちが失笑を漏らした。からかっているとしか思えない言葉に、言われたリーレンもきょとんとする。

「子を産めとおっしゃいましても私は男ですので……」

孌童として男色の相手をしろというならまだしも、子を産めというのは無理難題にもほどがある。さすがにそれはできないと言おうとすると、琅王がゆっくりと立ち上がった。そのまま玉座の階段を一歩、また一歩と下りてくる。

目の前までやってきた琅王を、リーレンは呆然と見上げた。袞衣を纏った頑健そうな巨軀の上に乗っているのは、紛れもなく獣の頭だった。白地に黒の模様が入った毛並みと青い瞳は白虎そのものだ。その虎頭の王の手がゆっくりとリーレンに向かって伸びてくる。

頰に触れた指がそっと唇をたどった。人にしては少し鋭い爪を唇に這わされ、リーレンはごくりと喉を鳴らした。くすぐったさと同時に体の芯にぽっと火がついたような奇妙な感覚が湧きだしてくる。

「よく見ると似ている気もするな――」

　ぽつりと意味深な言葉を口にした琅王に瞳を覗き込まれ、背が震えた。そのままこの場で貪り食われそうな恐怖感と同時に、得体の知れない何かが腹の奥からせり上がってくる。知らず知らずのうちに一歩後ろに下がったリーレンの腰を、琅王がいきなり引き寄せた。

「え……？」

　突然の抱擁にもちろんリーレンは驚いたが、それ以上に琅の家臣たちがどよめいた。

　琅の家臣たちは、自国の王は図々しく援軍を求めてきた尚の太子をからかっているだけだろうと思っていた。まさか謁見の間でこのような不埒な行為に及ぶとは思いもしなかったのだ。

　他国の使者、しかも次期国王の座を約束されている王太子を謁見の間で抱き寄せるなど、たとえ王といえど無礼極まりない行為だ。普段は厳粛な王が今日はいったいどうしたのだと家臣たちが狼狽する。

　そんな彼らに琅王がちらりと目を向けると、大殿は再び水を打ったように静まり返った。家臣たちに一瞥をくれてリーレンに向き直った琅王は、抱いた腰をいっそう強く引き寄せる。

「古より人間は気の強い獣人と何度も交われば男でも子を孕む体になると言われている。

そろそろ跡継ぎが欲しいと思っていたところだし、そなたで試してみるのも一興だ」

大殿に琅王の声だけが殷殷と響く。やはり表情が全く読めない虎頭を、リーレンはまじまじと見上げた。

「それはお戯れでしょうか？　本気でおっしゃっているのでしょうか？」

「戯れだと思うか？」

明らかにからかっているとしか思えないが、これにどう答えるべきなのだろうか。返答に困るリーレンの両横では、尚の文官たちがもげるのではないかという勢いで首を横に振っている。後ろに控えているフェイなどは今にも卒倒しそうな顔をしていた。

「どうする、尚の太子。男妾となって我が寝所に侍るか？　侍ると言うのならば二万を直ちに援軍に向かわせよう。三日侍るごとに増援も出すぞ。しばらく琅に留まって子を孕むかどうかわかるまで伽を務めるなら我が琅の王師を出してもいい」

王師――つまり、王直属の軍を派遣してやると琅王は言っているのだ。

「琅の王師――」

ぽつりと繰り返したリーレンを、後ろで控えていた文官たちが必死の形相で引き留める。

「リーレン様、い……いけませんっ、絶対に安請け合いなどなさっては――」

だが、そんな文官たちをちらりと振り返り、リーレンはまた琅王に目を向けた。

「本当に子ができるかどうか私でお試しになりたいということですね？　私がしばらくお相手を務めると約束すれば王師を出してくださると？」

「ああ。四軍ある王師のうち青狼一万と赤猴一万を出そう」

「琅の王師二万……ですか。いいでしょう。夜伽の件、承知しました」

リーレンが言った途端、大殿が再びどよめく。驚いているのは伽を務めろと言った琅王本人もだった。まさかこうもあっさり承諾するとは思いもしなかったのだろう。リーレンの腰を抱き寄せていた手を放し、訝るように首を傾げている。

「尚の太子。伽がどういうことかわかった上で承知しているのか？」

「もちろんわかっております」

そう言って嫣然と微笑み、リーレンは琅王の足下に跪いた。

「不肖未熟の身ではございますが、琅王様のお眼鏡にかないますれば今宵からでもお側に侍らせていただきます。私が子を孕むかどうか、気が済むまでお確かめください。ただし、約束は違わぬよう願います」

口をパクパクさせたフェイがその場にぺたりと座り込む。尚の文官たちもまた言葉もなく唇をわななかせていた。

王師を出す代わりに尚の王位継承者を寝所に侍らせるなど冗談にもほどがあると、さすがに琅の家臣たちも鼻白んでいる。皆が戯れ言だと言ってくれるのを待っていたが、琅王はそれを覆すことなく決定的な言葉を口にした。

「見た目の美しさに惑わされるが、なかなか肝が据わった太子だ。いいだろう、援軍の件も承知した。大司馬、直ちに尚に二軍二万を向かわせよ。王師二軍もいつでも出せるよう準備しておけ」

狼の頭をした男が「御意」と拱手してその場から立ち去る。その背を見送った琅王は再びリーレンに向き直った。

「琅と尚の同盟は締結された。尚の太子、約束通り今宵より我が寝所に侍れ。本当に子を孕むかどうか、じっくり確かめてやる」

虎頭にはめ込まれた宝玉のような青い瞳がリーレンを見据える。その目が笑っているように感じたのは決して気のせいではないとリーレンは思った。

第四章

　夜の帳が下りると、琅国皇城の廊下に吊るされた灯籠に火が灯された。殿のところどころに置かれた宮灯も淡い光を放っている。それらの灯りに照らされ、月のない夜にもかかわらず皇城自体がぼんやりと輝いて、まるでこの世にあらざる幽玄の城のように見える。

　その琅国皇城の奥深く、本来ならば静かだろう宮城の一角にフェイの声が響き渡った。

「いけませんっ！　絶対にいけませんっ！」

　沐浴を終えたリーレンの後ろをフェイが必死の形相で追いかけてくる。濡れた髪を乾かしたリーレンが薄い中衣を一枚だけ羽織って椅子に座ると、フェイは慌ててその上に外衣を覆い被せた。

「リーレン様っ！　なんという淫らな格好をなさっているんですかっ！」

「淫らも何も、今から琅王様の寝所に伺うわけだから――」

「なりませんっ！　行ってはなりませんっ！　尚の太子であるリーレン様が他国の王の寝所に侍るなど、絶対になりません！　国王様に何と申し開きをなさるおつもりですか！」

「申し開きって……琅に援軍を出してもらうにはこうするしかないんだから仕方ないじゃないか」

「仕方ないとか、そういう問題ですかっ！」

喉まで出かかったそういう問題だという言葉を飲み込み、リーレンは肩をすくめる。

琅に援軍を出してもらうために琅王の寝所に侍る約束をした。琅軍は既に遠征の準備を始めており、二万の軍勢は明日にも尚に向けて出発するという。援軍の対価として王の伽を承知した手前、今さら約束を反故にするわけにはいかないではないか。

「伽を承諾したのは私なんだから、約束は守らないと」

「で……ですが、ご覧になったでしょう！　虎の獣人の寝所に侍るなど、絶対にいけませんっ！　断じてなりませんっ！」

「確かに琅王様は虎の獣人だけど、だったらどうかするのか？」

首を傾げたリーレンに、フェイがふるふると首を横に振る。

「どうかするに決まっているでしょう！　だいたい尚の太子であるあなたが琅王の寝所に侍るなどもってのほか！　それに虎なんですよ、虎！　あのような巨軀の虎の獣人と……その……こ、こ、子を授かるような行為をするというのがどういうことか、リーレン様はわかっていらっしゃるのですかっ？」

言われてリーレンはきょとんとした。

「人も獣人もそういう行為の仕方は同じだろう？　修行の身だから色欲は禁じられているけれど、私だって夜の営みの仕方くらいわかっているよ」

「そ……そ、そういうことではありませんっ。リーレン様は男子で、琅主様も男子で、そもそも男同士でそういうことをすること自体が間違っているというか、か……体がっ……琅王様の体が人と違っていたらどうなさるんですかっ！」

「体？」

聞き返したリーレンをじっと見つめ、フェイが眉根を寄せる。

「琅王様はあのような巨軀の獣人ですし……それに……虎は猫のようなもの。猫の……その……猫のアレには棘が……」

それを聞いたリーレンは「ああ」と手を打った。

「そういえば猫の男根には棘があったな。虎も猫も同じようなものだとするとその可能性もあるか。となると……やっぱり痛いかな？」

「リーレン様っ！」

「まあ、その時はその時だ。あまり痛くしないでくれと琅王様に頼んでみるよ」

「そのような冗談など言っている場合ですかっ。フェイは……フェイは……」

そのまま言うべき言葉を失ったフェイが、リーレンの足下にがっくりと膝をつく。今にも泣き出しそうなフェイの肩を軽く叩き、リーレンはふわりと穏やかな笑みを浮かべた。

「そう心配するな、フェイ。私だってもう子どもじゃないんだし、自分がなすべきことが何なのかわかっている」

「リーレン様……」

「喬軍は今なお尚の王都目指して進軍しているんだ。一刻の猶予もない。琅に援軍を出してもらわなければ、いずれ尚の王都は落ちてしまう。王都だけじゃない。国中の民が皆殺しにされる。我が尚の民を喬の蛮族にむざむざと殺させるわけにはいかない。そのために琅王様のお相手をするくらいどうってことはないよ」

「ですが……もしも本当に子を孕んでしまったらどうなさるんですか……」

「大丈夫だ。人が獣人と交わったら男でも子を孕むなんてただの噂に過ぎないし、本当にそうなるとは思えないよ。そんな例もないんだから」

「ですが……、ですがっ……」

「フェイ、髪を結んでくれないか。こんな乱れた髪のまま琅王様のところに伺うわけにはいかないだろう？」

そう言って微笑んだリーレンにフェイは今にも泣き出しそうな顔を向ける。渋々フェイがリーレンの髪をまとめた直後、声が聞こえて部屋の扉が静かに開いた。

「尚太子殿下、お支度は終わりましたか？」

迎えにやってきたのは兎の耳が生えた半獣の若い男二人だった。黒髪に黒い耳、白髪に白い耳の二人が手燭を片手に扉の外でリーレンが出てくるのを待っている。

彼らに無言で頷いたリーレンは、ゆっくり立ち上がるとフェイに着せられた外衣に袖を通した。

「じゃあ行ってくるよ、フェイ」

穏やかな声でそう言い、呆然と立ち尽くすフェイに背を向ける。男たちに左右を挟まれたリーレンは、灯籠の灯りが揺れる回廊をしずしずと歩いていった。

◆
◆
◆

回廊を右へ左へと曲がりながら、兎耳の男たちが宮城の奥へと歩いていく。その男たちに両側を挟まれたリーレンは、なんとも言い難い不思議な感覚に囚われていた。

赤い柱と、赤い壁が灯籠の淡い光に照らされている様子は、尚の宮城でも見慣れた風景だった。どこの宮城も皆造りは似ているのだろうが、この城の造りは尚の宮城と酷似していた。回廊や殿の位置も驚くほど似通っている。そして、宮城の造りが似ているからこそ、自分が連れていかれている場所が後宮だとリーレンにはわかった。

しばらく琅に留まり伽を務めると約束したが、まさか男の自分が後宮に入れられるとは思いもしなかった。琅王は本気で男の自分に子を産ませようとしているのだろうか。

琅王の子を孕む――。

心の中で反芻すると、気持ちにざわざわとさざ波が立った。

なんとも言い難い不安感でざわめく心を必死で落ち着かせつつ歩いていると、ひときわ豪華な殿の前で兎耳の男たちが立ち止まった。

「こちらにてお待ちを」

扉が開かれ中に入るよう促される。リーレンが殿に足を踏み入れた途端、ふわりと甘い香りが漂ってきた。

薄明かりが灯された部屋の柱は赤く、壁もまた赤い。天井は極彩色で彩られ、奥まった場所にある寝台の前には紗の薄布が垂れ下がっている。黒檀の寝台に敷かれているのは猩々緋色の織物で、その上には枕が二つ置かれていた。

王が夜の営みを行うためだけの場所なのはわかるが、随分と情欲を刺激する部屋だとリーレンはため息を零した。先ほどから鼻腔をくすぐる甘い香りが、この部屋の濫りがわしさを倍増させている。

これと同じものは今の尚にはない。創建当初の図面には同じようなものがあるが、とっくに取り壊されている。

「噂に聞く花柳の郭みたいだな……」

実際にそんな郭になど行ったこともなければ見たこともないが、リーレンはなんとなくそう思った。

そのまま寝台に近づいてみたが、琅王の姿はどこにもない。こういう場合はどこでどういうふうに待つのが正しいのか、妃のいないリーレンに伽の作法などわかるはずもない。どうしたものかと途方に暮れていると、唐突に奥の扉が開いた。

驚いてそちらに目を向けると、灯りが灯された壁にゆらりと大きな影が落ちる。

「まさか本当に来るとはな」

いささか呆れぎみのその声は、紛れもなく昼間に聞いた琅王のものだった。

王の居室にでも続いているのだろうか、無造作に奥の扉を押し開いて部屋に入ってきた虎頭の琅王は、昼間のような仰々しい正装の衰衣ではなく黒い深衣姿だった。謁見の間では気づかなかったが、衣服が薄くなると巨軀にふさわしい厚い胸板が嫌でも目に入る。

中に入ってきた琅王は、寝台の前に立っているリーレンを、頭から足の先までまじまじと眺めた。ふいに目を眇めるように瞳孔を小さくすると、寝台に向かって歩いてくる。

琅王が近づいてくるたびにリーレンの鼓動が速くなった。

修行が色欲を禁じているため、リーレンは女性の体に触れたことがない。正直なところ、自分で自分を慰める行為さえもほとんどしたことがなかった。性的な経験が皆無に近い状態でこの巨軀の獣人の伽を務めるのかと思うと、覚悟を決めてきたとはいえ、やはり怖じ気づいてしまうのはどうしようもない。

目の前までやってきた琅王を見上げたリーレンは、思わず一歩後ずさった。逃げようにもすぐ後ろは枕が二つ並んだ寝台で、退路は完全に塞がれている。どうやら知らず知らずのうちに自分で背水の陣を敷いてしまっていたらしい。

逃げることもできずにその場に固まっていると、琅王がふと髪に触れてきた。

「まだ髪が濡れているな。伽の前に沐浴をしてきたのか。用意周到なことだ」

笄を抜いた琅王は、リーレンの頭頂に乗っていた冠を外した。それを寝台の脇の卓に置き、再びリーレンに手を伸ばす。

爪がやや尖っている指が髪から頬へと滑り、リーレンはとっさに目を閉じた。そのまま寝台に押し倒されるかと思っていたが、琅王はくすっと笑ってリーレンから手を引いた。

「そう怯えるな。無体な真似をするつもりはない」

恐る恐る目を開くと、琅王は紗をめくって寝台に座っていた。足を組んでそこに片肘をついた琅王は、立ち尽くすリーレンにちらりと目を向けてふんと鼻を鳴らす。

「あれから五年か。すっとぼけた子どもだと思っていたが、随分美しい若者に育ったもんだな」

「え？」

意味がわからず首を傾げていると、琅王が小さく笑い声を上げる。

「もう忘れてしまったか？」

何をと尋ねようとした途端、琅王の体が淡い光に包まれた。驚いたリーレンがもう一歩後ずさると、琅王の虎頭が光の中でゆらりと揺れる。まるで蜜が溶けるように虎頭の形が崩れると、それは光を帯びたまま別の形を形成し始めた。ゆらゆらと揺れていた光が、やがて人間の顔へと変化する。

「嘘……」

虎頭に代わって現れたのは、やや彫りの深い若い男の顔だった。鼻筋が通った精悍な面立ちを、真っ白な長い髪が縁取っている。虎から人へと変化したが、双眸は虎頭の時と同じく蛍石のような淡い青色のままだった。その顔と髪の色に見覚えがあり、リーレンはぽかんと口を開けた。

「あなたは……」

ぽつりと呟くと、男がにっと歯を見せて笑う。

五年近く前だ。尚の城を出たところにある月牙将軍の廟に訪れた際、馬から振り落とされそうになったリーレンを助けてくれた男がいた。自分は獣人で琅の民だと言った男は、名も告げずに忽然と姿を消した。男の白い髪と青い双眸は、リーレンの脳裏に鮮烈に焼きついたままだ。今まさにあの時の白髪碧眼の男が目の前にいる。

「まさか……あなたが琅王様だったのですか……？」

「いかにも。俺が琅王ガイルだ。久しぶりだな、尚の太子」

唐突に人の姿に変わった琅王をリーレンは呆然と見つめた。

黒い深衣に白く長い髪が緩やかに流れている様子は、まるで深山の滝のようだ。髪を結っていないせいで、その姿はなんとなく神仙を彷彿とさせる。何よりリーレンの心を戸惑わせたのは、あの時と同じ既視感だった。やはりこの男とどこかで会ったことがあるような気がして仕方がない。

「あなたとはやはりどこかで会っているような気がするのですが……」

ぽつりと呟くと、琅王——ガイルは先ほどと同じ笑みを唇に浮かべた。

「ほう。さっそく誘ってくれているのか？」

意味がわからず首を傾げるリーレンに、ガイルがいっそう口角を上げる。

「こんな状況で、どこかで会ったような気がするなんて、普通は相手を口説く時にしか使わないぞ？」

「別にそういうつもりでは……」

「そうか。ならどういうつもりでここに来た？」

言われてリーレンはようやく思い出した。そうだった。今夜はこの王の伽を務めるためにここに来ているのだ。

とはいえ、完全に人の姿に変化したガイルを前にリーレンは狼狽していた。姿が獣人の時には恐怖心はあれど、羞恥心はあまり感じなかった。なのに、ガイルが人の姿と化した途端、恐怖心よりも羞恥心の方が大きくなってしまっている。

伽がどういうものか、何をするのか、経験はなくても知識としては知っている。男色行為がどういうものかも、もちろんわかっている。だが、それを今から目の前にいるこの男を相手に自分がするのかと思うと、なぜか恥ずかしくてたまらない。

「どうした？　自分のなすべきことが何か忘れたか？」

寝台に座っているガイルをリーレンは無言で見つめた。悩んだ末に、羽織っていた外衣を床に落とす。覚悟を決めて素肌に纏っている薄い中衣の紐に指をかけた途端、ガイルが笑い声を漏らした。

「随分とせっかちだな。そこで脱ぐつもりか？」

「夜の営みは服を脱いで肌を合わせるものだと聞いています」

「まあ、間違ってはいないが、そんなふうに自分で脱がれたら興ざめするだろうが」

言い終わるやいなや強い力で手を引かれ、リーレンは目を見開いた。踏鞴（たたら）を踏んでガイルの胸に倒れ込み、そのまま寝台に押さえ込まれる。

「あ……」

手首を寝台に縫い止めるようにしてガイルが覆い被さっている。雪山のごとき髪に縁取られた精悍な顔を見上げ、リーレンはごくりと喉を鳴らした。肩から流れ落ちたガイルの髪が頬に触れると、なぜか背と腰の辺りがぞくぞくする。淡い青色の双眸を見つめているだけで、またもや鼓動が速くなってきた。

「一応聞いておくが、誰かと肌を合わせたことはあるか？」

ふいに尋ねられリーレンは首を横に振った。

「まさか女を知らないのか？　正妃はいなくても加冠を終えた太子なんだし、寵姫くらいいるんだろう？」

だが、それにも首を横に振る。

「私は修行の身なので女色を禁じられています」

「修行？　そういえば前もそんなことを言っていたな。まだ仙になりたいなんて寝言を言っているのか？」

寝言と言われ、リーレンは憤慨した。

「寝言ではありません。私は今も仙を目指して精進潔斎しているんです」

「なるほど。だが、俺の伽を了承したということは、その精進潔斎とやらは女色は禁じられても男はいいということなんだな？」

「それは……」

揶揄されリーレンは返答に窮した。女色だろうが男色だろうが総じて色欲は禁じられているのだが、伽をすると約束した手前、拒むわけにはいかないだろう。

のしかかってきたガイルの手が髪を梳き、頬に触れる。また唇に指を這わされ、ぞくりと肌が粟立った。粘膜に近い柔らかな部分をゆっくり撫でられていると、今まで感じたことのない熱っぽいものが腹の奥から込み上げてくる。その熱が何なのかわからないまま、リーレンは息を殺してガイルを見つめた。

薄青色の瞳に見据えられ、体の芯がますます熱くなっていく。思わず目をそらすと、ガイルが小さく笑った。

「なぜ目をそらす？　俺に抱かれるのが怖いか？」

「いささか……」

「酷いことをする気はないぞ？」

「でも……棘があるから痛いのでしょう？」

　ぽつりと呟くと、ガイルがきょとんとした表情になる。

「ああ？　棘？」

「ええ……猫の男根には棘があるではありませんか。虎も猫も同じようなものですし、やはり琅王様の男根にも棘があって、そういう行為をすると痛いのではと……」

　言った瞬間、ガイルの表情が固まった。本気かと言わんばかりに大円になった瞳でリーレンを見つめて眉根を寄せる。

「……俺は猫と一緒か？」

　ようやくそう言ったガイルに、今度はリーレンがきょとんとした。

「虎は猫が大きくなったようなものではないのですか？」

　ついにガイルが黙り込んだ。しばらくリーレンを眺めてため息をつき、ゆっくり体を起こす。押さえ込んでいた手さえも放したガイルは、いきなり背を向けてごろりと横になった。

「あの……、琅王様？」

「ああ、もういい。今ので一気に気が萎えた」

広い寝台の奥に行ってしまったガイルを、リーレンは呆然と見やった。

どうやらガイルを怒らせてしまったようなのだが、その理由がリーレンにはさっぱりわからない。こういう場合はどうすればいいのか見当もつかず、もぞもぞと起き上がったリーレンは、ガイルの背を見つめたまま乱れた襟と裾を掻き合わせた。

伽の際、相手に背を向けられた場合はどうすればいいのだろうか。機嫌を取るべく服を脱ぎ、背に寄り添えばいいのだろうか。いや、自分で脱ぐなと言われた手前そうするわけにもいかないだろう。かといってこのまま部屋から出るわけにもいかない。琅の王師を出してもらうには、とにかくガイルの相手をしなければならないのだ。

ひやりと冷たい空気が漂う中、寝台の上で正座をしたリーレンは途方に暮れた。夜伽のための殿とはいえ、そこそこの広さがあるため夜も更けるとさすがに冷えてくる。薄い中衣一枚で座っていると、さすがに寒くてくしゃみが出た。

自分で自分の肩を抱き寄せていると、ガイルが眉間に皺を寄せたまま振り返る。

「寒いのか？」

リーレンの返事を待つことなく、ガイルの体が白光に包まれた。今度は頭だけではなく、体全体が白く輝いてゆらゆらと揺れる。その光を呆然と眺めていると、ガイルが着ていた漆黒の深衣がぱさりと床に落ちた。やがてリーレンの目の前に現れたのは、一匹の巨大な白虎だった。

「え……」

白い体に黒い縞模様が入ったその姿は、リーレンが子どもの頃から月牙廟で見ていた白虎の像と同じだった。違っているのは、塑像にはない柔らかな毛が体全体を覆っているというところだ。

寝台のほとんどを占めて横たわる巨大な白虎の姿を目の当たりにしたリーレンは、興奮で瞳を輝かせた。よほど嬉しそうな顔をしていたのだろう、白虎姿のガイルが笑い交じりのため息を零す。

「そんなにこの姿が好きなら側に来るか？」

「いいのですか？　怒っていらしたのでは……？」

「別に怒っているんじゃない。呆れただけだ。もともとおまえを無理やり手込めにするつもりもないし、どうせ尚には近いうちに援軍を出すつもりでいたからな」

「援軍を？　そうだったのですか？」

「ああ。尚が滅ぼされたら喬のクソどもがうちの国境を侵してくるのは目に見えているからな。そうなるといろいろ面倒だ」

　ことのほか獣人を毛嫌いしている喬の軍が攻め入れば、琅の民がどんな目に遭わされるか想像に難くない。ガイルは琅の王としてそれを断固として阻止しなければならないと言った。

「そんなわけで尚にあっさり滅んでもらっては困るんだ」

もぞりと首をもたげた白虎姿のガイルが、巨体をずらして寝台の片側を少しあける。

「震えていないで寒いならこっちに来ればいい。俺の毛皮は温かいぞ」

　リーレンが遠慮がちに近づくと、太い前脚に抱き込まれた。巨大な獣に押さえ込まれ、一瞬このまま食われてしまうのではないかという錯覚に陥る。

「あ……」

「そう怯えるな。別に食ったりしないし、無理やり抱いたりもしない。俺の腹を撫でてみたかったんじゃなかったのか？」

　そういえば五年前にそんなことを言ったような気がする。あの時は目の前にいた男が琅王だとは思いもせずそう口走ったが、今思えば本人を目の前にとんでもなくはしたないことを言っていたということだ。思い出すと顔から火を噴きそうになる。

「そ……その節は失礼なことを……」

「気にしなくてもいい。あの時は俺も琅の王だとは言わなかったし、そもそも人間の姿で人前に出たこともないからな」

「そうなのですか？」

「ああ。だから気にしなくていい。ちなみに獣型の姿も滅多に見せないからな。腹に触りたいなら、寝所に侍る妾の特権だと思って今のうちに触っておけ。ただし、下腹には触るなよ。勃(た)つと困る。この姿だと男根に棘が生えているからな」

揶揄なのか本気なのかわからない言葉に、リーレンはいっそう顔を赤くした。その様子にガイルが咆哮(ほうこう)のような笑い声を上げる。

「では、少しだけ……」

恐る恐る首の辺りに手を伸ばすと、ガイルがふっと目を細めた。まるで大きな猫のようだと思いつつ腹の辺りに手を伸ばす。思い切って白い毛皮に顔を埋(うず)めたリーレンは、そのまま巨大な白虎の体を抱き締めた。

「ふわふわだ……」

うっとりと呟き、リーレンは目を細めた。思っていた以上に柔らかな毛が頬に当たり、じんわりした温かみが伝わってくる。

廟に飾られているような塑像ではなく、本物の白虎に触れられる日が来ようとは夢にも

思わなかった。ガイルの背を撫で、首や耳の柔らかな毛の感触を堪能し、そしてまた腹に顔を埋める。薄桃色の鼻面に唇を押しつけると、驚いたのかガイルの瞳がすっと収縮した。

「……あのな、少しは遠慮しろ」

「すみません。でももう少しだけ」

困惑ぎみの抗議に一応の謝罪をし、リーレンはまたもやガイルの腹の辺りを撫で回す。白虎に触れられた喜びのあまり相手が琅の王であることも、その王の伽を務めなければならないことも完全に頭から抜けてしまっていた。

腹を撫で、頭を撫で、首に抱きつき、鼻先や額に唇を押しつける。もう文句を言う気も失せたのか、ガイルもされるがままの状態になっていた。

その夜、情欲をそそる甘い香りが立ちこめる寝台の上で、リーレンは自分の欲望の赴くままに――巨大な白虎を思いっきり撫で回していた。

◆
◆
◆

「ったく、無防備な顔で寝やがって」

艶やかな髪に縁取られた顔をじっと見つめていたガイルは、ふっとため息を零した。

「こんなにも近くにいるのに何も感じないのか……」

呟いたガイルの体が唐突に淡い光に包まれる。巨大な白虎から人間へと姿を変えたガイルは、隣で寝息を立てているリーレンに視線を向けた。

薄く唇を開いたリーレンは、安心した表情で眠りこけている。

どこかで会ったことがあるような気がするという言葉を再び聞けたが、全てを思い出してくれたわけではなかった。これ以上何も思い出さないのかもしれないと思うと、その言葉を聞いたのがかえって辛(つら)く感じる。

白い頬に手を伸ばし、ガイルはリーレンの頬にかかる髪にそっと指を絡ませた。墨色の糸のようなそれに触った途端に激しい欲望が込み上げ、慌てて手を引く。鼻先に触れたリーレンの柔らかな唇の感触を思い出すと、その欲望はいっそう強くなった。

リーレンは猫をじゃらしているのと同じ感覚だったかもしれないが、いきなり口づけられたも同然だったガイルはたまったものではなかった。一瞬にして体が昂(たか)ぶってしまったのを知られまいと必死で取り繕っていたのだ。

長い黒髪を無造作に背に流し、リーレンは軽く寝息を立てている。薄桃色の唇を見つめていたガイルは、ごくりと喉を鳴らした。

今すぐにでも体を繋げてしまいたい。そんな性的な欲望が鎌首をもたげた。

リーレンの唇を見ているだけで気が昂ぶり、性器が形を変えようとする。暴走しそうな自身の激情を必死で抑え込み、ガイルはごろりと寝台に横になった。

望んだ相手が手を伸ばせば触れられるところにいるのに、何もできない自分に笑ってしまいそうだった。抱かせろと言いながら、肌どころか髪に触れることすら躊躇してしまっている。援軍を出す条件としてこの体を自由にできるというのに、どうしても無理やりそうしたくない思いがあった。

決して穢してはならない大切なもの。それがガイルにとってのリーレンなのだ。

ガイルがひっそりとため息をついていると、リーレンがふと寝返りを打った。ころりと側に転がってきて、体半分を乗り上げるようにしてガイルの首に腕を絡める。

「お、おい……？」

リーレンの匂いが鼻腔を抜け、ガイルは息を呑んだ。せっかく治まりかけていた下半身がまたもや昂ぶり始める。ぴたりと体を沿わせてくるリーレンを呆然と見下ろし、ガイルは思わず舌打ちをした。

獣人は人間よりもはるかに匂いに敏感だ。こんなふうに張りつかれては余計にリーレンの存在を感じて気が滾ってしまうではないか。

絡みつく腕を振り解こうと思ったが、解こうとすればするほどリーレンが強い力でしがみついてくる。おまけに足まで搦められ、ガイルは完全に身動きが取れない状態に陥った。開いた裾からリーレンの引き締まった足が太腿まで見え、ガイルは声を失う。体がかっと熱くなり、性器がじわりと変化し始めた。どんどんせり上がってくる欲望を理性で抑え込み、大きく深呼吸する。

「こいつ……わざとじゃないだろうな？」

思っていた以上の力で抱き締められたガイルは、いささかうんざりした面持ちでリーレンを見やった。

見た目の美しさとは裏腹に、めくれ上がった袖から見えるリーレンの腕はしっかりした筋肉に覆われていた。やや乱れた襟から覗く胸元も痩せすぎておらず、きちんと成人した男を感じさせるものだ。剣を学んでいるというのもあながち嘘ではないらしい。

「この野郎……人の気も知らないでなんてことしやがる。俺がどれだけ我慢していると思ってるんだ」

思わずぼやいたガイルは、薄い中衣越しにリーレンの腰に腕を回した。思い切ってぐっと抱き寄せると、リーレンの腕がいっそう強く絡んでくる。息がかかるほど近くにある端整な顔を覗き込んだガイルは、喜びと不安、焦燥が入り交じったなんともいえない複雑な笑みを浮かべた。

欲しいと思う気持ちと、穢してはならないと思う気持ちがガイルの中で葛藤している。少しだけと思いつつ、ガイルは薄く開かれたままのリーレンの唇に自身の唇を寄せた。だが、それが重なる寸前に思いとどまって顔を背ける。

しばし躊躇したガイルは、遠慮がちにリーレンの額にそっと唇を落とした。

「酷い奴だな、おまえは。この千年の間、俺はずっとお前を待っているんだぞ……」

ガイルの呟きがリーレンに聞こえるはずもない。ガイルの心の嘆きを包み込むかのように、琅の王都白洛の夜はしっとりと更けていった。

第五章

頬に何かが当たっているような感覚がしたリーレンは、何気なくそこに手を伸ばした。寝ているうちに寝台の一番奥まで転がっていってしまったのだろうか。それとも、寝台から転がり落ちて床で寝てしまっているのだろうか。

ところが、指先に触れたのは寝台の縁でも硬い床でもなかった。むろん枕でもない。手に伝わってきたのは、何かの皮革のような感触と、そこに絡まる糸のようなものだ。いったい何だろうと思いながらその長い糸に指を搦める。

「おい、髪を引っ張るな」

ふいに聞こえてきた声に、ぼんやりしていた意識が一気に覚醒(かくせい)した。パチッと目を開けたリーレンは、そのまま顔を上に向ける。

目に飛び込んできたのは白髪碧眼の若い男の顔だった。鼻筋が通ったやや彫りの深い顔が寝ている自分の真横にある。

「琅王……様……？」

そういえば昨晩はガイルの伽をするべく後宮へと向かった。寝台で白虎と化したガイルをさんざん撫で回していた記憶はあるのだが、その後どうしたのか覚えていない。

ふと視線を下げると、今度はガイルの胸元が目に入った。襟がはだけられているのかと思ったがそうではない。視線をもう少し下に向けた瞬間、リーレンは息を呑んだ。

ただ上半身が裸なだけではなかった。ガイルは一糸纏わぬ姿でリーレンの腰を抱いていたのだ。

「う……うわあああああっ――――！」

驚愕（きょうがく）のあまり悲鳴を上げると、ガイルが慌ててリーレンの口を手で塞ぐ。

同時に殿の扉が開き、剣を携えた歩哨の兵が駆け込んできた。

「王、いかがなさいましたかっ！」

「ああ、大事ない。下がれ」

リーレンの口を塞いだままガイルが言うと、兵たちが顔を見合わせつつ下がっていく。

再び殿の扉が閉められると、ガイルはげんなりと肩を落とした。

「おまえな、いきなり叫ぶやつがあるか」

「す……すみません……、ちょっと驚いてしまって……」

実のところちょっとどころではなくかなりの衝撃だ。しかもその衝撃は今もなお続いている。なにせ全裸の男が自分の腰を抱いて横で寝ている状態なのだ。

「ろ……琅王様……、そのお姿はいったい……」

「ああ？　これか？　獣型のままだとこの寝台は狭いんだ」

「そ、そうではなくて、人の姿に戻られるのでしたらせめて何かお召し物を……」

「おまえが一晩中しがみついて寝てるのに、どうやって服を着ろと言うんだ？」

ふんと鼻を鳴らし、ガイルはようやくリーレンの腰から手を放す。

解放されたものの、体を起こして寝台から立ち上がったガイルは相変わらず全裸のままだった。寝台の前に垂れ下がっている薄い布越しに、鎧のような筋肉に覆われた背や尻(しり)が見え、リーレンはとっさにそこから目をそらした。同性の体だというのに、なぜか見てはいけないものを見てしまった感が否めない。

目のやり場に困って視線を壁に向けていたリーレンは、自分の衣服まで乱れていることに気づき慌てて裾と襟を掻き合わせた。それを見ていたガイルがふんと鼻を鳴らす。

「言っておくが、おまえの服が乱れているのは俺がやったわけじゃないからな」

中衣に袖を通していたガイルに呆れぎみにそう言われ、リーレンは顔を引きつらせた。

自分の寝相が悪いのは重々承知している。寝た時と起きた時では頭と足が逆を向いていたなどしょっちゅうで、時々寝台から転がり落ちて目が覚めることもある。むろん、その時は着ていた寝衣も乱れに乱れている状態だ。一人ならそれでも別にかまわないのだが、昨夜はガイルと一夜を共にした。まさかと思いつつリーレンは上目遣いでガイルを見やる。

「あの……昨晩私は何かしでかしたでしょうか？」

「寝ている間に三度腹を蹴られて、二度顎に頭突きを食らったな」

「す、すみませんっ……本当に……申し訳ありませんっ……」

伽にやってきて何もさせないどころか、爆睡した挙げ句に王に腹蹴りと頭突きを食らわせるなど、斬首にされてもおかしくない蛮行だ。しかも、伽として侍るどころか、逆に白虎姿のガイルを侍らせてしまった感が否めない。

「伽の務めも果たさずに寝てしまって、しかも腹を蹴ったなど、とんでもないことを……本当に申し訳ありません……」

寝台の上で深々と頭を下げたリーレンに、帯を締めていたガイルが肩をすくめた。

「さっきからおまえは謝ってばかりだな。伽の件は別にいい。言っただろう。無理やり手込めにする気はないと。どうせおまえが発情してくれないと、俺もそういう気にはなれないからな」

「発情？」

『発情』とはどうやら獣人独特のものらしく、獣人の牡は相手が繁殖期に入って発情しないとその気にならないらしい。

「人間は万年発情期みたいなもんだが、おまえはそうではないんだな」

「昨夜も申し上げました通り私は修行の身なので」

修行は色欲を戒めているが、そんな戒めがなくてもリーレンはそもそも性欲が薄く、女にもほとんど興味がなかった。美姫と戯れているより、剣を学んだり、師のもとで精神鍛錬をしたりしている方がずっと楽しいし、有意義だと感じている。

フェイなどはリーレンのことを精神がまだお子様なのだと揶揄し、誘ってくる美姫たちを抱かないのはもったいないとも言うが、リーレンはそんな女たちなど抱きたいとも思わなかった。誘ってくる女たちが見ているのはリーレン本人ではなく、その背後にある将来の尚国王后の座だけだ。もしも王位継承者が弟のコウリンならば、彼女たちの興味は皆コウリンに向かったことだろう。修行の戒めはそんな女たちを避けるための格好の口実にもなっている。

「色欲は戒められているので、そういった感情も抑えるようにしているんです」

いたって真面目(まじめ)に答えると、ガイルが皮肉っぽく眉を跳ね上げた。

「ほう。その割に俺の裸を見て悲鳴を上げていたが？」

言われた途端、先ほどのガイルの裸体がまざまざと脳裏に浮かぶ。しかも見てしまった下半身までしっかりと思い出してしまい、リーレンはかっと頰を赤くした。

「あ、あれはっ、目のやり場に困って、それでっ……」

自分以外の男の体を知らないというわけではないのだが、あんな肉欲的な体を見たのは初めてだった。ほんの一瞬だったが、萎えていてさえも存在感のある性器を目にした瞬間、なぜか体の芯が滾ってしまったのだ。

「ま……まさか琅王様があんなお姿でいらっしゃるとは思いもせず……その……」

言い訳をすればするほどガイルの体を思い出す。寝台に座り込んだまま目を泳がせていると、外衣を羽織ったガイルが紗の布をめくってずいっと顔を寄せてきた。

薄青色の瞳に覗き込まれ、どくんと鼓動が高鳴る。

「で、棘はあったか？」

意地悪げな問いを向けられ、言葉に詰まった。

「さっき見たんだろう？　どうだ、棘はあったか？」

「……確認する余裕などありませんでした」

ようようそう答えたリーレンをガイルが豪快に笑い飛ばす。

「そうか。だったらそのうちじっくり確かめればいい」

ガイルの頭部が光を帯びて揺らぎ、長い白髪が消えて再び虎頭になる。獣人型の姿に戻ったガイルは、殿の最奥にある赤い扉に手をかけた。

「滞在している間はこの殿と隣の瑠璃宮(るりぐう)を好きに使えばいい。おまえの従者には瑠璃宮に移るよう伝えてある。白洛の城内は好きに歩いてかまわないぞ。ただし護衛はつけさせてもらう」

言うだけ言ってガイルが扉の向こうに消える。寝台に一人ぽつんと残されたリーレンは、ただ呆然とした面持ちでそこに座り込んでいた。

夜明け前に昨夜と同じ白兎と黒兎の使いの者二人に連れられて伽の殿を後にしたリーレンは、回廊を隔てた向こう側にある殿へと連れていかれた。おそらくここが先ほどガイルが言っていた自由に使えと言っている殿なのだろう。
『瑠璃宮』と書かれた扁額を見上げつつ扉を開くと、中には苦虫を嚙みつぶしたような顔をしたフェイがいた。
「リーレン様……」
「おはよう、フェイ」

「おはようではありませんっ！」

挨拶をした途端、噛みつくように言われリーレンは首をすくめた。小走りで近づいてきたフェイが、リーレンの姿を眺めて顔をしかめる。

「リーレン様、なんというお姿に……髪も服もこんなに乱れて、琅王様にどんな狼藉を働かれたのですかっ？」

狼藉も何も、ガイルはリーレンに一切何もしていなかった。むしろガイルに頭突きを食らわせて腹を蹴飛ばしたリーレンの方がよほど狼藉を働いている。髪と服が乱れているのも自分の寝相が悪かったせいに他ならない。

「昨夜は大丈夫だったのですか？」

「昨夜？」

「琅王様と同衾なさったのでは……？」

乱れた服の襟を整えつつ尋ねられ、リーレンは腕を組んで小首を傾げた。

「ああ、うん。思ってた以上に気持ちよかったかな」

「はあぁっ？　き、気持ちよかった？」

フェイが素っ頓狂な声を上げると、リーレンは何かを思い出すように天井に目を向けた。

「うん。昨晩、琅王様のお体に触れさせてもらったのだけれど、やはり獣人は大きくて硬いんだなって思ったんだ」

「お……お、大きくて……、かっ、かっ、硬いっ？」

「ああ。毛は柔らかいのだけれど、全体的にがっしりしていてとても硬かったんだ。でもあの巨軀に抱かれていると安心するというか……とても温かかったし、あまりに気持ちよすぎて琅王様の腹に顔を埋めたままぐっすり寝て――」

「リーレン様っ！　お……大きいだの硬いだの、柔らかくて気持ちいいだの、は……は、腹に顔を埋めるだのと、尚の太子殿下ともあろうお方がそのようなはしたないことを口になさってはいけませんっ！」

　またもや素っ頓狂な声を上げたフェイをリーレンは呆然とした面持ちで見やった。

　今の言葉のいったい何がはしたないというのだろうか。白虎となったガイルの毛が思いのほか柔らかく、体もがっしりしていて硬かったと言ったのだが、どうもフェイにはきちんと伝わっていないような気がする。

　とにかく湯浴みをして着替えるよう急かされ、それが終わると同時に髪に櫛を入れられた。背に流れる艶やかな黒髪に櫛を通しつつ、フェイは「おいたわしい」と何度もため息をつく。

「リーレン様、あんな巨軀の獣人のお相手などなさって、お体は本当に大丈夫なのですか？　どこか大切な場所に怪我などは……？」

「大切な場所って？」

意味がわからず問い返すと、新たに巻き上げた髻に銀の冠を乗せたフェイが、ごにょごにょと言葉を濁す。

「その……あ、あそこでございますよ……座っていてお辛いということは……？」

「あそこ？　あそこってどこ？　別にどこも辛いところなんかないけど」

「と……棘は……？」

「棘？」

一瞬何のことかわからずリーレンは小首を傾げた。

「琅王様の……棘のことです……棘は大丈夫だったのですか？」

言われてようやく思い出したリーレンはぽんっと手を叩いた。

「ああ、男根の棘のことか。うん、さすがにびっくりしてじっくり確認している余裕がなかったよ」

笑いながら答えると、声を詰まらせたフェイがへなへなとその場に座り込む。

「フェイ？　どうしたんだ？」

「リーレン様……尚の太子殿下ともあろうお方が、なんとおいたわしい……」

いったい自分の何がどういたわしいのだろうか。先ほどからどうもフェイは何か勘違いをしているようだが、まあいいとリーレンは格子窓の外に見える中庭に目を向けた。

この瑠璃宮の造りもやはり尚のものと似ていた。城や街も驚くほど似通ったところがある。唯一違うのは、琅には獣人や半獣が多いということだ。むしろ人間よりも獣人の方が多いかも知れない。

瑠璃宮の警護兵も狼の頭をした獣人だし、昨夜から細々とした世話をしてくれているのも黒兎と白兎の半獣だ。謁見の間にいた大司馬もそういえば狼頭の獣人だった。豹(ひょう)や狼の頭をした獣人が甲冑を着て闊歩(かっぽ)し、猫や狐(きつね)の頭をした官吏が官服を着て廊下を小走りに駆け抜ける様子は、子どもの頃に母や女官たちに読み聞かせてもらった演義の世界のようだった。

ガイルも普段は虎頭の獣人姿で過ごしているらしく、めったに白虎の姿にはならないし、人前で人間の姿を見せたこともないという。

人型になったガイルの顔を思い浮かべ、リーレンは微かに眉根を寄せた。

やはり若い男の姿になったガイルへの既視感が拭(ぬぐ)いきれない。絶対にどこかで会っているはずなのだが、どうしても思い出せないのだ。

「たぶん気のせいなんだろうな」

自分の感情にそう決着をつけ、リーレンは宮灯を置いた窓辺の卓に向かった。

尚の父王へは既に琅の二軍が向かうことを知らせてある。おそらく数日で琅軍は陽山に到着し、そこから北上して東儀に向かっている喬の軍勢の背後を突くはずだ。これで少しは時間を稼ぐことができるだろう。あとは、リーレンがもうしばらくガイルの伽を務め、中原最強と言われる琅の王師を出してもらうのみなのだが——。

「こっちの件は父王にどうお知らせすればいいのか……」

息子が琅王の寝所に侍っていると知れば、父王はどう思うだろうか。まだ何もされていないとはいえ、寝所に侍っている事実は曲げようがない。もしかすると一緒に来た文官から既に知らせがいっているかもしれない。

「まあ、そこは適当にごまかしておくか」

部屋の片隅で控えているフェイの視線が痛いような気がするが、リーレンは気にせず筆を手にした。

夜が明け始めたのか、格子窓の外が徐々に明るくなってくる。大殿にはそろそろ朝議のために官吏たちが集まり始めている頃だろう。虎頭のガイルももう玉座に座っているのだろうか。獣人の姿は確かに強靭（きょうじん）そうで厳めしくはあるが、人間の姿になったガイルもそれはそれで魅力的だとリーレンは思う。

鋼のような筋肉に覆われた肉体に流れる白い髪は、本当に深山の滝のようだった。やや彫りの深い顔は、中原でも南方の民族を思わせる。何より、蛍石のような薄青色の瞳は何度見ても魅入られてしまう美しさだった。

「白虎が人間になるとあんなふうになるんだな……」

ぽつりと呟き、リーレンは笑みを浮かべる。

あの姿は誰にも見せたことがないとガイルは言っていた。自分以外にその姿を誰も知らないと思うと、何やら嬉しくなってくる。それは琅王との間に特別な秘密を持ったような感覚だった。

優越感にも似たそれに浸りながら、リーレンは夜明けの空を眺めつつ尚の父王に向けて書簡をしたためた。

第六章

琅の後宮に入れられた翌日、リーレンはフェイを伴って白洛の街に出た。ガイルが街に出てもかまわないと言っていたので、遠慮なく出かけさせてもらうことにしたのだ。

馬車を用意すると言われたが、どうしても自分の足で歩いてみたいと願い出た。白洛の城の造りがどことなく文献で読んだ古の尚の王都に似ていて、将来、自分が尚の王位を継いだ際に何か参考になるかもしれないと思ったからだ。

尚から連れてきた大僕二人以外にも、琅の護衛兵十名ほどが付き従って皇城の門を出る。昨日は軒車の中から見ただけだったが、実際にこうして歩いてみると白洛の街はいっそう賑わっているように感じた。東西にある市はさまざまな商いをしている者たちと、それを買い求める者たちで溢れ、大通りには大道芸人の姿もある。

頭に笠を乗せたリーレンは、それらを物珍しげに眺めながら通りを歩いた。

道行く民のほとんどが獣人で、中に人間がちらほらといる。彼らが互いの種族が違うことを全く気に留める様子もなく共存している様子は、リーレンから見ると不思議でありまた素晴らしくも映った。古の尚にも獣人が多くいたと文献にあるが、きっとこんな感じだったに違いない。

どことなく尚の王都に似た街を眺めながら歩いていたリーレンは、通りの西側に大きな道廟を見つけた。廟の造り自体は随分と古いものなのだが、丹塗りの柱には色鮮やかな模様が描かれていて、屋根には瑠璃瓦が葺かれている。巨大な香炉から煙が漂い、廟の入り口に掲げられた扁額には風格のある文字で『月牙殿』と書かれてあった。

廟自体かなり大きく、リーレンがまめに詣でている尚の城外にある寂れ果てた月牙廟など比べものにもならない。

「琅の月牙廟は随分立派なんだな」

扁額を見上げて呟くと、やや後ろにいたフェイがリーレンの笠を受け取りながら首を傾げた。

「今時、こんな立派な月牙廟があること自体珍しくないですか？」

確かにそうだとリーレンは頷いた。中原広しといえど、月牙将軍を祀る廟はもうほぼ残っていないだろう。金満家が他人とは違うことがしたくて私財で月牙廟を建てることがあるが、天の力が働くのか、天界を追放された月牙将軍の廟は建てても建ててもすぐに崩れてしまう。リーレンがまめに詣でている尚の月牙廟も同じで、どれだけ職人に修繕させても数ヶ月もしない間にあちこちが崩れ始めるのだ。

廟がなければ詣でる人もいなくなり、ますます人々は月牙将軍という武神を忘れていく。今や月牙将軍という神仙は、人々に完全に忘れられた存在になっていた。

扁額を見上げつつ中に入ると、見慣れた月牙将軍の神像が置かれていた。むろん、その隣には巨大な白虎の像もある。廟の建物同様、神像も立派なものだった。見事な髭を蓄えた甲冑姿の月牙将軍の塑像は尚の廟にあるものよりも随分躍動的で、白虎など今にも動き出しそうだ。

その白虎の顔つきが獣型になったガイルになんとなく似ている気がして、リーレンは思わずくすっと笑う。だが、次の瞬間にまたガイルの下半身を思い出してしまい、慌てて首を横に振った。

線香と餅を奉納して神像を眺めていると、奥から道服姿の老人が姿を現した。どうやらここの道観主らしく、琅には珍しく獣人ではなく人間だった。リーレンに拱手をしつつ頭を下げた老人は、この廟はとても古いものだということを説明してくれた。

「この月牙廟は琅の建国よりずっとこの場所にあるものでございます。神像の白虎は初代琅王の姿を模しているもので、我が琅の始祖は月牙将軍が供として連れている神獣白虎であるとも言われているのです」

「初代の琅王が月牙将軍の白虎？　そうなのですか？」

驚いたリーレンに道観主が穏やかな笑みを浮かべて頷く。

「はい。それだけではございません。我が琅は建国千年ほどでございますが、ずっと白虎のガイル王が国を治めております。代々の王は皆ガイルを名乗っておいでなのですが、なにぶん白虎の獣人でございますゆえ、常に同じお姿でいらっしゃって……実は代替わりをされているのかどうかもさだかではないのです」

「千年間代替わりをしていないということなのですか？」

「はい。あくまでも噂ではございますが」

後宮のことは秘とされていて、王に何人の妃がいるのか誰も知らないし、子がいるのかどうかすらわからないらしい。子が生まれたという話も聞いたことがなく、太子の姿を見た者もいない。王の崩御も新王の即位も何もかもが皇城の奥で済まされていて、民にはそれらを知る術もない。詳細を知っているのは王の側近数名だけだという。

「それゆえ、我が王は神獣白虎なのではないかと言われているのです」

「後継者のことが何もわからないって、そんなことでいいのですか？　今まで訝る者は誰もいなかったのですか？」

本来ならばありえない話なのだが、琅はそのありえない状態で千年間も国家として成り立っている。しかもそれを誰もおかしいと思わないなど、リーレンにはそちらの方が驚きだった。

いささか呆れぎみなリーレンに、道観主が長い顎髭を撫でながらほっほっと笑う。

「臣も民も別に気にしておりません。王の治政に不満もございませんし、ここ数百年は大きな戦もなく、民も皆平和に暮らしております。王が月牙将軍の白虎ならば、神仙と同じく寿命もないのだろうと、まあ、民の認識はその程度でございますよ」

道観主に礼を述べて月牙廟を出たリーレンは、思わず出てきたばかりの廟を振り返った。

「千年間代替わりをしていないって……そんなことがあるのか？」

ぽつりと呟くと、フェイが「まさか」と肩をすくめる。

「獣人だから見た目が同じに見えるだけなのではないのですか？　践祚（せんそ）の儀式なども我が尚とはしきたりが違うでしょうし」

「まあ、そうなんだけど……」

リーレンもまさかと思う。だがそう言い切れないものがあるのも事実なのだ。

道観主は後宮のことは秘とされていると言っていたが、リーレンがあてがわれている殿は間違いなく後宮の一角にある。城の造りが尚と同じならば、後宮には西に四つ、東に四つ大殿があるはずだ。そのうちの西の角にある瑠璃宮にリーレンは滞在している。ただし、西側の他の大殿に人気はなく、正妃はおろか寵姫すらいなかった。本来後宮にいるはずの女官でさえ見かけたことがない。ましてや子どもの姿など見たこともなかった。

「千年同じ王が君臨している……？」

思い返せば、初めて会ったのは五年前に暴走した馬を止めてくれた時だが、ガイルの外見はあの時とほとんど変わっていないような気がした。リーレンは少年から青年になったというのに、ガイルの外見は三十になるかならないかくらいのままだ。獣人は人型になると何年経とうが同じ姿だとでもいうのだろうか。

「琅王様が月牙将軍の白虎……？　まさかそんなことが……」

『月牙殿』と書かれた扁額をじっと見つめ、リーレンは眉根を寄せた。胸の奥に懐疑心が湧きつつも、その疑惑は何かが違うような気がしてならない。

もやもやとしたものを胸に抱えたままリーレンは月牙廟を後にした。

第七章

リーレンが琅に留まってから十日あまりが過ぎた。約束通りガイルは早々に二万の兵を援軍として出兵させ、その後も約束通り続々と援軍を送ってくれているそうで、先日尚の父王よりリーレンのもとに書簡が届いた。

琅の援軍が東儀を攻めていた喬軍を背後から突き、東儀の関塞は死守できたとのことだった。今はそのまま東儀に入った琅の兵が守りを固めてくれているらしい。書簡にはそれもこれもリーレンの働きがあってこそと称賛がしたためられつつも、太子という身分でありながら琅王の慰み者にさせてしまって申し訳ないと詫びが添えられていた。

リーレンは父王への書簡で詳細を告げなかったが、どうやら先に尚に戻った文官の誰かが、リーレンが琅王の寝所に侍らされていると注進したらしい。

黙っていてもいずれ知られるとはいえ、余計なことをしてくれるとリーレンはため息をついた。

「だいたい私は慰み者になんてされていないし……」

父王からの書簡を卓の隅に置き、リーレンは格子窓の外に目を向けた。

確かに寝所に侍るよう言われて後宮に入れられはしたが、そこに閉じ込められたわけではなかった。皇城の中を自由に歩けるし、フェイや護衛の大僕を伴って街に出ることもできる。夜は伽の殿に呼ばれるものの、相変わらずガイルは何もしてこない。

日中も特にすることがなく暇を持て余したリーレンは、ほぼ毎日皇城を出て月牙廟に足を運んでいたのだが、今日はちょっとした騒動に遭遇した。

今日も月牙廟に詣でていたリーレンは、奉納を終えると道観主としばらく世間話をしていた。
月牙廟の道観主は驚くほど博識だった。琅という国のなりたちや風習のあれこれを教えてもらい、礼を言って廟から出ようとしたリーレンは、何やら外が騒々しいことに気づいた。廟の周囲を警戒していた琅の兵たちが怒声を上げているのが聞こえる。いったい何事だとリーレンは眉根を寄せた。
「何かあったのか？」

気になって護衛の大僕に尋ねると、一人が外の様子を見に行くと言ってその場を離れる。やがて戻ってきた大僕は、外に怪しい男がいて兵に詰問されているのだと告げた。

「怪しい男？」

「はい。傭兵崩れの白髪の若い男だそうです。リーレン様が中にいる間、ずっと廟を覗き込んでいたとか」

「え……？」

白髪の男と聞いたリーレンは、慌てて廟の外に飛び出した。

廟に面した道の片隅に、琅の兵に取り囲まれている白髪の男がいる。その姿を見たリーレンは、思わず額に手を当てた。

兵に剣を向けられて詰問されているのは紛れもなくガイルだった。長い髪を無造作に束ねて黒っぽい短褐に身を包んだ姿は、いつぞや丘の上で出会った時となんら変わりない。

「琅お――」

声をかけようとすると、リーレンに気づいたガイルが黙っていろと目配せをした。そういえばこの姿は誰にも見せたことがないと言っていた。ここで王であることを明かされると困ったことになるのだろう。

「貴様、ここは立ち入り禁止だと言っているのがわからないのか！」

リーレンの護衛で付き従ってきた狼の兵がガイルに剣をちらつかせて怒鳴っている。それに対してガイルは王である素振りなど全く見せず、兵に何度も頭を下げていた。

「あー……いやぁ、申し訳ない。廟に珍しい貴人の姿が見えたのでつい——」

「あちらは貴様のような傭兵崩れがおいそれと近づけるお方ではない！　今度見かけたら牢にブチ込むぞッ！」

「そいつは勘弁してくださいよっ。別に悪気はなかったんで」

「嫌ならうろうろしてないでとっとと失せろ！」

首をすくめたガイルが狼頭の兵に小突き回されて追い払われていく。その様子を廟の入り口から眺めていたリーレンは、苦笑いをするしかなかった。

どこの世界に末端の兵に怒鳴られて追い払われる王がいるというのだ。警護の兵もまさか自分が追い立てている男が自国の王だとは想像すらしていないのだろう。知らないということはある意味無敵だと思いつつ、リーレンは立ち去っていくガイルに呆れぎみの目を向けた。

「全くあの人は何をやっているんだか……」

一国の王ともあろうものが従者も連れずに変装——この状態を変装と言っていいのかどうか微妙なところだが——をして街をうろつくなど、いったいガイルは何を考えているのだろうか。いくらガイルの人の姿を誰も知らないとはいえ、王が独り歩きをするのはあまりにも危うい。白洛は琅の王都というだけあって治安もよく、そう危険な感じはしないが、万が一何かあった際にあの白髪の男が王だと誰も気づかなかったらどうするつもりなのだろう。それこそ王が牢屋に入れられてしまったら笑い話にもならない。

自分のことは棚に上げてそう思っていたリーレンは、はたとあることに気づいた。

先ほど大僕は、リーレンが廟にいる間、ガイルがずっと中を窺っていたと言っていなかっただろうか。

なぜそんなことをする必要があるのだとリーレンは思った。自由に城を歩いてかまわないと言いながら、こっそり後をつけてくるのはいったい――。

まさかガイルは自分を疑っているのではないだろうかと思い、リーレンは愕然とした。尚の太子であるリーレンが琅の王都でどこへ行き、どういう行動に出るか、王であるガイル自らが監視しているとでもいうのだろうか。

「まさか琅王様は私を間者だと思っているのか……?」

今朝の様子を思い出し、リーレンは眉根を寄せた。

寝台でガイルはいつものように冗談を言いながら笑っていたが、実は全く信用されていなかったのだと思うとかなり落ち込んだ。

琅の王と尚の太子という立場上、互いの肩には自国の損益がかかっている。だが、数日一緒に過ごして、リーレンはガイルの為人（ひととなり）に少なからず好意を抱いていた。同時に思った以上に打ち解けられたかもしれないとも感じていた。けれど、どうやらそれはリーレンの思い違いだったらしい。

一見するとふざけたような若い男に見えるが、ガイルは長い歴史を持つ琅という国を背負っている王だ。老獪（ろうかい）さにかけてはリーレンなど足下にも及ばないだろう。

なんとなくガイルの掌（てのひら）の上でもてあそばれたような気になり、ますますどんよりと気が沈む。とぼとぼと廟を後にする際、落ち込んだ様子のリーレンをフェイが気遣って何度も声をかけてくれていたが、それに返事をする気さえ失せていた。

◆　◆　◆

「私の考えが甘かったのかな……」

昼間の出来事を思い出し、リーレンは頬杖（ほおづえ）をついてため息を零した。

夜になればガイルに伽の殿に呼ばれているが、まだ指一本触れられてはいなかった。体を求めてくるでもなく、同じ寝台にいてもガイルはただ側で寝ているだけだ。時折白虎の姿になってリーレンを喜ばせてくれることさえある。この前などは背に乗せて歩いてみせてくれた。慰み者にされるどころか、これ以上なく大切に扱われているくらいだった。

けれど、ガイルのその姿が偽りかもしれないと思う疑いは晴れないどころか、ますます強くなっていくばかりだ。

実は白洛の月牙廟に訪れる際、リーレンは何度かガイルらしい男の姿を見かけていたのだ。ガイル以外にももちろん琅には白髪の民がたくさんいるため確信はできないのだが、今になって思い返してみれば、あれはガイルだったとしか思えない。

リーレンの後ろをつかず離れずついてくる様子は、監視されているというより護衛の一人のようだと感じた。どうやって皇城から抜け出しているのか知らないが、監視するにしても他国の太子を四六時中つけ回していられるほど王は暇ではないはずだ。

「琅王様はどういうおつもりなんだろう……」

リーレンにはガイルの意図がさっぱり読めなかった。子を孕むかじっくり確かめてやると言いつつ体には指一本触れない。かといって尚に帰してもらえるわけでもなく、皇城から出ればずっと後ろをついてくる。

ガイルはリーレンをこのまま琅に留め置き、尚の玉座に座るのを阻止しようとしているのだろうか。そうだとすれば、その理由はいったい――。

「私はそこまで警戒されるほど立派な王になれるとは思えないんだけどな……」

できた太子だと、シャオリンの再来だと家臣たちはリーレンを褒めそやすが、そんなものはただの買いかぶりだとリーレンは思っていた。国の繁栄と民の安寧は願うものの、そこまで王位に執着はない。たとえこのまま王位を継いだとしても、自分はごく平凡な王にしかなれないだろう。尚を興し、そして尚を守った始祖王シャオリンのような賢王になれるわけがない。

「私はいつになったら尚に戻れるんだろう……」

ぽつりと呟き、中庭に咲く薄青色の花を格子窓越しに見やる。ガイルの青い瞳を彷彿とさせるそれを眺めながら、リーレンはひっそりとため息を零した。

第八章

その日の夜もリーレンは夕餉の後に黒兎と白兎の使いに連れられて伽の殿へと向かった。

一緒に回廊を歩いていても、黒兎と白兎の使いは常に無言だ。声を聞くのは迎えにやってきた時と伽の殿の前に着いた時だけで、それ以外に全く口をきかない。それはそれで気まずくもあり、今夜は思い切ってリーレンから声をかけてみた。

「お二方は長く琅王様に仕えているのですか？」

言った途端、二人が跳び上がるように驚いた。しばし互いに顔を見合わせた二人は、その場に跪くと、リーレンに向かって深々と頭を下げる。

「拙らごときにそのようにお声がけいただけるなど、畏れ多いことにございます」

まるで王そのものに対するような態度を取られ、リーレンは慌てて手を振った。

「いや、あの……そう畏まられると困るんですが……この後宮には人があまりいないようで、あなたたちがずっと仕えてくれているので、それで少し気になって……」

「お気遣い、ありがたく。我ら兄弟のみ王より尚太子殿下のお世話を務めるよう仰せつかっております。西の後宮に人がおらぬのは、尚太子殿下にお健やかにお過ごしいただけるよう人払いをせよと王の命を受けているからにございます」

黒兎が慇懃に答えると、リーレンはそういうことかと納得した。この西の後宮が閑散としているのはリーレンのために人払いがされたからだった。ということは、ガイルの寵姫たちは東の後宮にいるということだろう。

「では、琅の王后様や女官たちは皆、東の後宮に移られたのですか？」

もし自分のために皆が東の後宮に詰め込まれてしまったのなら、随分と申し訳ない話だ。

リーレンがそう尋ねると、黒兎と白兎がまた顔を見合わせる。二人はリーレンが何を言っているのかわからないとばかりに首を傾げ、今度は白兎が口を開いた。

「我が王に正妃も寵姫もおりませぬ。また、後宮には女官もおりませぬ」

「え？」

「王は女人を必要としておりませぬゆえ、後宮はずっと閉じられておりました。此度、尚太子殿下がいらっしゃるので後宮を開けて瑠璃宮を整えるよう命を受けましてございます」

再び回廊を歩きながらリーレンは首を傾げた。

今の話はどういうことなのだろうか。ガイルには妃がおらず寵姫もいない。ずっと閉じられたままだった後宮は、リーレンが琅で過ごすためにわざわざ開かれたという。しかも、ガイルが女を必要としていないというのはどういうことなのだろうか。

「これっていったい――？」

女を必要とせず、後宮はずっと閉じられていたと言っていたが、そのずっとはいったいいつからなのだろうか。もしも何十年、いや、何百年と閉じられたままなのだとしたら、あの道観主の言っていたことは事実だということだ。

だとすれば、琅王ガイルは本当に月牙将軍の白虎なのかもしれない――。

疑問を胸に抱いたままリーレンが伽の殿に入ると、ほどなくして奥の扉が開いてガイルが現れた。

部屋に入るやいなや、ガイルは獣人から人へと姿形を変える。虎頭の獣人から白髪碧眼の若い男の姿になったガイルを見ると、リーレンの心はざわざわと揺れた。先ほど胸に抱いた疑問のこともあるが、その一番の理由は、朝起きると人の姿となったガイルに自分が抱きついて寝ていることだった。

ガイルはリーレンを伽の殿に呼ぶと、必ずと言っていいほど白虎の姿になってくれた。ただ、朝までずっと白虎の姿のままでいてくれればいいものを、獣型ではどうにも寝台が狭いらしく、リーレンが目を覚ますと決まって人の姿になっている。しかも、毎回全裸の状態なのだ。

　さすがに悲鳴は上げなくなったが、それでも驚くことには違いない。自分の寝相が悪いせいでリーレンの服も乱れに乱れて、互いにほぼ裸で抱き合っている状態で目覚めることすらある。

　それでもガイルは寝ているリーレンに狼藉を働くような下品な真似をすることだけはなかった。ただ横で寝転がっているだけなのだが、ほぼ毎朝裸の男に腰を抱かれて目覚めるリーレンはたまったものではない。必死で平常心を保っているが、居心地が悪いことこの上なかった。

　今夜も何もする気がないのか、部屋に入ったガイルは寝台に寝転がってリーレンの髪を指先でもてあそんでいる。艶のある黒髪を指にくるくると搦めては解くという行為を繰り返すガイルを眺めていたリーレンは、思わずぽつりと言った。

「琅王様、お願いがあるのですが」

「お願い？　なんだ？　今夜こそ抱いてほしいという願いか？」

「違います」

　即答したリーレンにガイルが「残念だ」と肩をすくめる。

「で、願いとは？」

「朝になって人の姿になっているのはかまわないのですが、せめて何かお召し物を羽織るなりしていただけませんか」

寝台の片隅でちょこんと座っているリーレンに目を向けたガイルが、そのまま片眉を跳ね上げた。

「俺の裸を見ると欲情するからか？」

「残念ながらそういう気は起きません」

「それも非常に残念だ」

本気で残念そうにまた肩をすくめたガイルは、長い髪を背に払いながらゆっくりと起き上がった。片膝を立てて座り、リーレンに目を向ける。

「せっかく人の姿になって肌を合わせてるっていうのに、少しくらいその気になってくれてもいいんじゃないのか？」

「寝台が狭いのではなく、私がその気になるよう人の姿になっていらしたのですか？」

「一応そのつもりもあったんだが、まさか全然気づいてなかったのか？」

「ええ、全く」

またもやリーレンが即答するとガイルががっくりと項垂（うなだ）れる。

「加冠しても頭の中は子どものままか……」

げんなりした面持ちで呟いたガイルは、鬱陶しげに前髪を掻き上げるとそのままリーレンに手を伸ばした。リーレンの頬に指を滑らせて豊かな黒髪に指を搦める。息がかかるほど近くまで顔を近づけたガイルは、リーレンの耳にそっと息を吹き込むように囁いた。

「おまえがその気になるまで待とうと思っていたんだが、いっそこのまま俺の色に染めてしまおうか？」

ぞくりとするほど艶のある声だったが、いかんせん、色事に無頓着（むとんちゃく）なリーレンにはそんな手管も今ひとつ通じない。

「私がその気にならなければ勃起（ぼっき）しないとおっしゃっていたのでは？」

きょとんとした顔であけすけにそう尋ねられ、ガイルは眉根を寄せた。誘惑に失敗したと悟り、先ほど以上に肩を落とす。

「……まあな。だからって勃たないってわけじゃないぞ」

「そうなのですか？」

本気で驚いているようなリーレンに頷きかけ、ガイルは壁に背をもたれさせた。

「本来、獣人の牡は牝（めす）が発情期に入ればそれに反応する。それは相手が人であっても同じだ。ただ、俺は人の姿にもなれる獣人なんでな。相手の発情を待たなくても生殖行為は可能だ。抱こうと思えば今すぐでもおまえを抱ける。それでおまえがその気になってくれれば、なおいい」

「そんなに御子をお望みなら、わざわざ私のような人間の男などお召しにならなくても同じ白虎の獣人の妃を娶ればよいのではないのですか？」

「娶りたくても肝心の白虎の牝がいない。白虎の獣人は俺を除いてもういなくなってしまったからな」

「同種族がいない……ということなのですか？」

「ああ。同族は皆人間に狩られた」

意味深な言葉にリーレンは眉根を寄せた。過去に白虎が狩られたというのは文献で読んだことがあった。月牙将軍が天界を追われた直後辺りから、見た目の美しさから白虎はその毛皮を目的に人間に狩られ、ほぼ絶滅してしまったのだと言われている。

「不用意なことを申し上げました。すみません」

蛮行をしでかした人間として申し訳なく、そう謝罪したリーレンにガイルは「気にするな」と口角を上げた。

「別におまえがやったことじゃないんだ。謝る必要はない。まあ、そんなわけで、子を作ろうにも白虎の牝はいないし、獣人の異種族では子をなせない。ただし人間が相手ならそれも可能だ。人間ならば白虎の子も産めるからな」

「代々の琅王も人と交わって子を成していたということなのですか？」

それには返事をせず、ガイルはただ笑みを浮かべている。そのガイルに向かって、リーレンは先ほどの疑問をぶつけてみた。

「御子をお望みの割に、この後宮には私以外の人間が誰もいないようなのですが、なぜですか？」

「随分棘のある言い方だな。他の妾の存在が気になるか？」

「いえ。御子を望まれているのにあなたには正妃も寵姫もいらっしゃらないと聞きました。女人を必要とされていないとも。男が好みだとしても、孌童がいらっしゃる様子もない。ここは後宮なのに女官すらいません。あまりに閑散としているのが少し気になって」

後宮ならばもう少し人がいてもいいはずなのに、最初からここには女官もおらず寵姫たちの脂粉の香りもしなかった。それもそのはずだ。リーレンがこの瑠璃宮に入るまでここはずっと閉ざされたままだったのだから。

堅物と有名な尚の父王でさえ正妃の他に寵姫がいるし、リーレンなどは後宮に勤める女官が産んだ子だ。男のリーレンに子を産ませようとするほど跡継ぎを望んでいるガイルに寵姫が一人もいないなど、おかしな話ではないか。

「さすが王族だ。そういうところはめざといな。いったい何が聞きたい？」

「まずは私をお疑いになっているのかどうかを」

「俺がおまえを疑う？　何のことだ？」

白虎の時と同じ薄青色の瞳に見据えられ、リーレンは思わずごくりと喉を鳴らした。えもいわれぬ恐怖心に苛まれたが、それでも気丈に言葉を続ける。

「今日、城下の月牙廟でお見かけしましたが、街にいらしたのは今日だけではありませんよね。私は城下に行くたびにあなたらしき人物を何度もお見かけしています」

「なんだ、気づいていたのか。本当にめざといな」

呆れぎみのガイルの言葉を聞き流し、リーレンは続けた。

「なぜ私の跡をつけるような真似をなさるのです？　もし私が尚の間者として琅に送り込まれたとお疑いでしたら、それは思い違いです。私は尚の使者として来ただけで、決して琅の内情を探るようなことはしていません」

「ああ、わかっている。おまえにそんな芸当ができるわけがない。今も、昔も――」

消え入るように付け加えられた最後の言葉に、リーレンは首を傾げる。疑問を口にしようとすると、それを遮るようにガイルは言った。

「俺が人の姿で城内をうろついているのは、白洛の様子を知りたいからだ。玉座に座っているだけでは見えないものが多すぎてな。月牙廟の近くには市もある。別におまえの跡をつけていたわけじゃない。俺が行く場所に偶然おまえがいるだけの話だ」

　本当にそうだろうか。少々疑問は残ったが、今はそれよりもまだ聞きたいことがあった。

「わかりました。もう一つお伺いしたいことがあります。先日ですが廟の観主に面白い話を聞きました。この琅ではあなたは月牙将軍の白虎ではないかと言われているそうですね。建国以来、一度も代替わりをすることなく君臨しているのだと――」

「噂好きの民の戯れ言だ。本気にするな」

「そうでしょうか？　人の姿になったあなたの外見が五年前からちっとも変わっていないのも私の気のせですか？」

　言った途端、ガイルが押し黙った。ふいに手首を摑まれ、とっさに身を引く。だが、それを許さないとばかりにガイルはリーレンを抱き寄せた。いきなり強い力で抱き締められ、リーレンは呆然とした面持ちでガイルを見上げる。

「琅王様……」

「ぼんやりしていると思ったが、いろいろとめざといな。何を知りたい？」

「あなたが本当に月牙将軍の白虎なのかどうかを――」

「そんなに俺のことを知りたいなら、色欲の戒めだのなんだのと言っていないできちんと伽を務めたらどうだ？　肌も許さず聞きたいことだけを聞くというのは虫のいい話だと思わないか？　俺は気が長い方だがいい加減待ちくたびれたぞ」

「私が伽を務めれば話してくださると？」

言い終わると同時にガイルが口角を上げてリーレンを解放した。再び片膝を立てて寝台の奥の壁に背をもたれさせる。

「前に言った通りおまえを無理やり手込めにするつもりはない。が……正体を明かすならせめて唇なり貰わないと割に合わないだろう？」

「唇……」

リーレンが繰り返すと、片膝をついて座ったガイルがくすっと笑う。

「どうする？」

口角が上がったままの唇を見つめ、リーレンはごくりと喉を鳴らした。

「唇だけですか……？」

「ああ」

「唇を……唇を合わせるだけでいいのですね？」

ガイルの返事はない。ただ壁に背をもたれさせて笑みを浮かべるのみだ。

しばし躊躇い、リーレンはガイルの側に這い寄った。息がかかるほど顔を近づけると、
ガイルがまた笑い声を漏らす。

「そうやって目を見開いたまま口づけられたら興ざめだろうが」

「え……？」

笑ったままのガイルがリーレンの頬に手を伸ばす。

「こういう時は目を閉じるもんだ」

言われるままリーレンは目を閉じた。

頬を滑っていた指が唇をなぞり、また頬を滑って耳に触れる。顔が少し上向きになるよう顎を持ち上げられた次の瞬間、唇に柔らかなものが触れた。

「あ……」

驚いて声を漏らすと、それを狙っていたかのようにガイルの唇が深く合わさった。

唇が濡れる感覚が伝わると同時に、舌が歯列を割って入り込んでくる。柔らかな舌にゆっくりと口蓋(こうがい)をなぞられ、背がぞくりと震えた。胸の奥がきゅっと締めつけられて、一気に体が熱くなっていく。

誰かとこんなふうに唇を合わせたのは初めてだった。舌を舌で搦め捕られたのもだ。まるで他人が体の中に入り込んできたような錯覚に陥り、頭の中が混乱する。

「ん……んっ……」

温かな舌が絡みつく感触は、まるで口の中をゆるゆると愛撫(あいぶ)されているかのようだった。

ただ口づけられているだけなのにじくじくした快楽が熱となって背に這い上がり、リーレンはとっさにガイルにすがりつく。

そのリーレンの背をガイルがぐっと抱き締めた。喉がのけぞったことで唇がより深く合わさり、甘い声が漏れ出す。

「う……、んっ……」

体がじんじんと疼きだして鼓動が速くなった。深く唇を覆ったガイルは、貪るように舌の根を吸い上げてくる。そんなふうに激しく舌を搦められた途端、リーレンの脳裏に奇妙な風景が流れ込んだ。

琅の後宮、しかも伽のための豪奢な寝台の上にいるにもかかわらず、ガイルの肩越しに廃屋のような小屋の天井が見える。それが見えたかと思うと、今度は自分の体に強烈な快感が走り抜けた。

「あぁ……、んっ、んっ……あっ……」

耳に届いた嬌声は紛れもなく自分のものだった。目の前では一糸纏わぬ姿のガイルが唇を何度もついばみながら体を激しく揺らしている。ガイルの動きに呼応するように下半身のあらぬところが甘い悦楽に満たされ、リーレンの口からまたもや嬌声が漏れ出した。

その光景がいったい何なのかわからないうちに、今度はまた別の風景が流れ込んでくる。

次に見えたのは絹の薄布が垂れ下がった薄暗い寝台の天井だった。そこに寝ているのはおそらく自分だろう。暗くて顔の上半分がよく見えないが、寝台の真横に黒い甲冑を着た武人がいた。

「約束だ――」

その声を聞いた武人が唇を引き結んで頷いた。

約束だと言った声は随分しわがれていて老人のもののように聞こえるが、リーレンにはそれが自分の声のような気がしてならない。

この武人は誰なのだろうか。約束とはいったい――。

「う……、ああっ……」

いきなり頭が割れるように痛みだし、リーレンは思わず声を上げた。その声に驚いたガイルが慌てて唇を解放する。

「どうした？」

目を開けた途端ぐらりと体が傾ぎ、リーレンはガイルの胸の中に倒れ込んだ。

「おい、どうした？　大丈夫か？」

すぐ側にいるにもかかわらずガイルの声が遠くに感じる。まるで水の中にいるような錯覚にすら陥り、リーレンは苦しげに喘(あえ)いだ。

顔を上げると、雪山のような真っ白の髪、そして蛍石のごとき薄青色の瞳が目に入る。唐突に、記憶の奥底にある誰かとガイルが重なり合った。おぼろげな輪郭がはっきりし始めたと思ったら、一瞬でその姿が文字通り霧散する。

結局その誰かが誰なのかわからないまま、リーレンはぽつりと呟いた。

「ガイル……あなたなのですか……？」

呟きながらもリーレンには自分が口走った言葉の意味が全く理解できていなかった。琅王をガイルと名で呼んでしまったことも、尋ねた「あなた」が誰であるのかも――。

ところが、その言葉を聞いた途端、ガイルの目が大きく見開かれた。驚きと喜びが入り交じったような目でリーレンを見つめ、ある名を口にする。

「シャオリン――」

それは尚国の始祖王の名だった。民に暴虐の限りを尽くした永の国王を斃し、月牙将軍とともに永を滅ぼして尚を建国した賢王シャオリン。なぜかガイルはリーレンをそう呼んだのだ。

「シャオリン……？」

訝りつつ繰り返すと、ガイルの瞳が瞬く間に失望の色に変わる。自嘲ぎみな笑みを浮かべたガイルは、力が入りきらないリーレンを抱き寄せて唾液に濡れている唇をそっと指で拭った。

「大丈夫か？　いきなり無体なことをして悪かった。もう何もしないから安心しろ」

「ですが……伽は……」

「唇だけだと言っただろう。だいたい、おまえを無理に手込めにするつもりはないんだ。ましてや具合が悪い奴に伽を求めるほど俺は鬼じゃない。瑠璃宮まで送ろう。今日はそっちで休むといい」

言った直後にガイルの頭部が光に包まれ、虎頭へと変貌（へんぼう）する。従僕を呼んで瑠璃宮へ向かう旨を伝えたガイルは、そのままリーレンを横抱きに抱き上げた。

「あ、あの、琅王様……大丈夫です。自分で歩けますから」

「ふらついている奴を歩かせるわけにはいかないだろう。かまわないからおとなしく抱かれていろ」

◆　◆　◆

伽の殿と回廊を挟んで向かい側にある瑠璃宮に入ったガイルは、勝手知ったる場所とばかりに中に入り、寝台に向かうとそこにリーレンを寝かせた。

「後で薬師を向かわせる。今夜は白兎と黒兎を側につけておくから、具合が悪くなる前に呼ぶんだぞ」

「はい。わざわざありがとうございます。お手間を取らせて申し訳ありません……」

「気にするな。今夜はゆっくり休め」

虎頭からは表情が窺えないが、その声音からガイルが心底心配しているのがわかる。

ほどなくして慌てふためいた様子のフェイが部屋に駆け込んできた。

「リ……リーレン様っ！」

青い顔で寝台に横たわっているリーレンの姿を見た途端、フェイは相手が王だということも忘れてガイルに詰め寄った。

「ろ、琅王様っ、これはいったいどういうことですかっ。リーレン様にどんな無体な真似をなさったのですっ！」

「別に無体な真似など何もしていない。具合が悪いそうだから今夜はこちらで休ませろ。伽もしばらくしなくていい」

「当たり前です！」

ガイルに摑みかからんばかりの勢いで叫んだフェイは、崩れ落ちるようにリーレンが寝ている寝台の側に膝をついた。

「リーレン様、大丈夫ですか？　琅王様に何をされたのです？　どこかにお怪我をなさったのですか？」

「大丈夫だ、フェイ……何もされていないよ……少し頭が痛いだけなんだ……」

心配げなフェイの肩越しにガイルを見つめ、リーレンは申し訳ないとばかりに軽く頭を下げる。それに小さく頷いたガイルは、何も言うことなく踵(きびす)を返して部屋を後にした。

ガイルが部屋を出ていくと、扉は静かに閉ざされた。宮灯の炎が揺れる室内に、フェイの繰り言だけが聞こえる。

「だから私は何度も申し上げたのです。男子の身で獣人と交わるようなことをなさってはいけないと……」

どうやらフェイはガイルがリーレンを酷く陵辱したと思い込んでいるらしい。二度と琅王の寝所に侍ってはいけないと言うフェイにひっそりため息を零し、リーレンは横になったまま天井に目を向けた。

先ほどガイルに口づけられた瞬間に見えたあの光景は何だったのだろうか。

どう考えても、あれはガイルと体を繋げている状態だとしか思えなかった。もしも口づけられたことで混乱をきたし、あらぬ妄想をしてしまったのだとしても、リーレンは誰かと交わるといった性的な経験など一度もしたことがない。なのに、体は与えられている快楽を生々しいほどに感じていた。

そして薄暗い部屋にいた黒い甲冑の武人だ。顔は見えなかったというのに、リーレンにはなぜかあの武人が月牙将軍のような気がしてならなかった。その武人に向かって「約束だ」と言っていた寝台に横たわる老人が自分のような気がするのはいったいどういうことなのだろう。

何より気になるのは、ガイルが先ほどリーレンに向かってシャオリンと呼びかけたことだ。あれはどういう意味なのだろうか。

「う……く……」

またもや頭が痛み出し、リーレンは体を丸くした。

「リーレン様、大丈夫ですか？　頭が痛いのですか？」

おろおろとうろたえるフェイに大丈夫だと笑いかけ、大きく息をつく。

結局、ガイルが月牙将軍の白虎なのかどうか聞きそびれてしまった。無駄に口づけられただけのような気がするが、よくよく考えてみれば伽らしい伽など何もせずに白虎となったガイルを抱いて熟睡しているのだから、口づけくらい安いものなのだろう。むしろガイルの方こそ毎夜リーレンが横にいてよく我慢している方だと思った。

相手がその気にならなければ性的に反応しないと言っているが、実際そうではないことくらいリーレンにもわかる。白虎の姿でいてさえも、リーレンが側に寄り添えばガイルの鼓動は一気に跳ね上がる。じっと息を潜めるようにしているのは、必死で欲望を抑え込んでいるからだろう。

ガイルは、子を産めと言いながら指一本触れず、かといって盟約を破ることもなく尚に何度も援軍を送ってくれている。おかげで喬の軍勢は随分後退したと聞いた。どうしてこうまでしてガイルは尽くしてくれるのだろうか。

そう、尽くしてくれているのだ。琅の王という立場であるにもかかわらず、ガイルは尚の太子でしかないリーレンに見返りを求めることなく尽くしてくれている。

その理由がリーレンにはさっぱりわからなかった。

「琅王様……あなたはいったい何者なのですか……」

誰に言うともなしに呟き、リーレンは目を閉じる。

ほどなくやってきた薬師に丸薬を処方されてようやく頭の痛みが治まると、リーレンはそのまま泥のように眠りに落ちていった。

第九章

奇妙な光景が脳裏に浮かんでからというもの、リーレンは頻繁に激しい頭痛に見舞われるようになった。薬師から貰った丸薬で痛みは治まるものの、頭痛がするたびに妙な白昼夢を見る。

夢の中の光景は尚の城の中が多いのだが、リーレンが知っている碧宿の城とはどこかが少しずつ違っていた。とうの昔になくなってしまった望楼があったり、街が今より雑然としていたりする。その中を歩いている自分の横には必ず黒い甲冑を着た武人がいた。

夢の中の自分は、顔が全く見えないその武人と笑いながら歩いている。時折武人と口づけを交わしながら激しく体を繋げている風景を見てしまい、しかも武人の顔がガイルに見えて驚いて白昼夢から覚めるのだ。

「もしかすると欲求不満なのかな……」

白洛の西の端にある月牙廟に向かっていたリーレンは、そう言ってふっとため息をついた。

今朝も食事の後に居眠りをしていて夢を見た。今日のそれはいつにも増して生々しく、武人に与えられる快感に反応してあろうことか夢精をしてしまったのだ。

健康な成人男子の証だから仕方がないとフェイは言うが、リーレンには今までそんな経験がなかったため、これには心底驚いた。まさか修行の身である自分にそんなことが起きるとは夢にも思わなかったのだ。

「ここのところずっと修行を怠っていたし、尚に戻ったらちゃんと精神鍛錬をしないといけないな」

とりあえず今日からでもできる修行を再開しようと心に誓い、リーレンは出かける準備を始めた。

幸いと言っていいのか、あのことがあってからガイルはリーレンを伽の殿に呼ばなくなっていた。街に出てもガイルらしい姿も見かけていない。姿は現さないが、だからといって尚に帰してもらえるわけでもなく、特にすることもないリーレンは結局白洛の月牙廟にほぼ日参していた。

「よくもまあ飽きもせずに毎日毎日訪れますね」

頭に笠を乗せて通りを歩くリーレンに付き従っているフェイが、げんなりした面持ちでそうぼやく。

軒車に乗れとまでは言わないがせめて馬車を使ってくれればいいものを、リーレンは体が鈍るし、ついでに街を散策したいとかたくなに歩いて廟へと向かう。リーレンが動けば侍従のフェイはもちろんのこと、護衛も動かざるを得ない。結果、尚から連れてきた護衛の大僕二人と琅の護衛兵十人も、リーレンの月牙廟詣でに付き合わされる羽目に陥った。

廟の建物は風格がある立派なものだが、天帝の廟に比べるとやはり月牙廟は閑散としていて、詣でる人も少ない。おかげで尚の太子であるリーレンがそこにいても民は案外気づいておらず、それもあってリーレンは気軽に廟を訪れていた感もあった。

線香をあげて餅や果物を奉納し、道観主と話をしてから城に戻る。それがリーレンのこのところの日課で、今日ももちろんそのつもりでいた。ところが、なぜか今日は道観主が姿を見せず、そして、いつになく廟の周囲に人の往来が少ないように感じた。

廟の周囲や出入り口は琅の護衛兵が固めているはずだった。なのに、不穏な気配を感じてうなじの辺りがちりちりとする。何かがおかしいと思いつつ、リーレンは周囲に視線を巡らせた。異変に気づいたらしく、大僕二人もまたリーレンの左右に移動して腰から剣を抜く。

「な……なんですか？　いきなりどうしたんですっ？」

一人だけ何が起きているのかわからないフェイがおろおろとうろたえていると、突然剣を携えた黒ずくめの男たちが廟になだれ込んできた。十数名はいるだろうか、その全員が奇妙な面を被っていて、声一つ出すことなくリーレンたちを取り囲んだ。

「何者だ！」

大僕の一人が誰何(すいか)したが、案の定応(いら)えはない。

廟の周囲を守っていた琅の兵たちはどうしたのだろうか。じりじりと詰め寄ってきた黒衣の男たちを見回しながら、リーレンは廟の外にちらりと目を向けた。先ほどまで格子窓の外に見えていた琅の兵が一人もいなくなってしまっている。この男たちの手にかかってしまったとしか思えなかった。

まずいな――。

リーレンは本能的にそう思った。剣の腕に多少は覚えがあるものの、今はその剣を持ってきていない。大僕二人はそうとう腕が立つが、リーレンを守りつつ十人以上の刺客を相手にするのはかなり不利だろう。フェイも一応剣を扱えるが、今は丸腰な上にたとえ剣を持っていたとしてもほぼ役に立たないと言っても過言ではない。

周囲を見回しても廟の中に武器になりそうなものは何一つなかった。香炉を投げつけてみようかと思ったが、大きすぎて持ち上げる前に刺されてしまいそうだ。

「リーレン様、下がってください！」

叫んだ大僕の一人がリーレンの前に出る。黒衣の男たちが一斉に斬り込んできた次の瞬間、廟の後ろから何者かが飛び出してきた。

一瞬、新手の刺客が背後から襲いかかってきたと思ったが、そうではなかった。目に飛び込んできたのは、黒い服と無造作に束ねた白糸のような髪だった。

後ろから飛び出してきた白髪の男が腰に佩いていた剣を抜き、リーレンに斬りかかろうとしていた刺客を横になぎ払う。ヒュンッと風を切るような音が聞こえたかと思うと、剣を振りかざしたまま胴を真っ二つにされた刺客が、血肉をまき散らしながらどっと床に倒れ伏した。

「ここは俺が引き受ける！　外にもまだかなりの人数がいるからそっちを頼む！」

白髪の男がそう叫ぶと、大僕二人が困惑した表情で顔を見合わせた。先日護衛の兵たちに追い立てられていた得体の知れない傭兵崩れに太子を任せられるかといった表情をしている。それを見たリーレンはとっさに叫んだ。

「大丈夫だ、この人は私の知り合いなんだ！　君たちは外の刺客を頼む！」

リーレンの言葉を聞くと、援護に入った男は——ガイルは乱れた白い髪を掻き上げてふっと笑った。

「援護してくれて助かる」

「琅お――」

琅王と呼びかけそうになり、リーレンは慌てて口を噤(つぐ)んだ。それを察したガイルがにやりと笑う。

ガイルがしょっちゅう人の姿になって城の内外を徘徊(はいかい)しているのは、街の様子が知りたいからだと言っていた。今日のこれを果たして偶然と言っていいのかどうかわからないが、援護の手としてこれほど心強くありがたいものはない。次々に刺客を屠(ほふ)っていく剣技に納得したのか、剣を構えていた大僕たちがガイルを振り返った。

「そこのおまえ、リーレン様を頼んだぞ！　もしもリーレン様に一つでも傷を負わせたら、おまえの首を刎(は)ねてやるからな！」

まさか助けに入った白髪の男がこの国の王とは思わず、大僕の一人がそう叫ぶ。大僕二人が廟の外に飛び出していくと、ガイルはリーレンとフェイを背後に庇(かば)うようにして剣を構えた。

「これは大役を仰せつかったな。大僕に首を刎ねられないよう頑張らないと」

笑ったガイルが、右側から飛び出してきた刺客を斬り伏せる。返したその手でリーレンに向かおうとしていた刺客の剣を弾き飛ばし、その背に斬撃を浴びせた。

絶叫を上げて床に倒れ伏した刺客にちらりと目を向けたリーレンは、思わずため息をついた。

「あなたという人は……護衛もいないというのになんて無茶なことを……」

「そういうおまえこそ無防備すぎだ。毎日決まった時刻に同じ場所をうろつけばそれだけ狙われやすくなる。ここは尚ではないのだぞ」

ガイルの声に若干の憤りが感じられ、リーレンは押し黙った。確かにガイルの言う通りだった。喬と戦の真っ最中である尚の太子という身分でありながら、わずかな護衛だけで他国の街を徒歩でうろつくなど無防備なこと極まりない。これでは刺客に殺してくれと言わんばかりだ。おまけにそのせいで琅の兵士数名の命をあたら失わせることになってしまった。

「……すみません。私のせいであなたの兵に申し訳ないことをしました」

「済んだことだ。もういい。気にするな。それに王都に喬の刺客を入り込ませたのは俺の落ち度だ」

「この者たちは喬の刺客なのですか？」

「それ以外に誰がおまえを狙う？」

言うと同時に、ガイルがまた刺客を一人屠る。廟には既に刺客の死体が六つ血をまき散らして転がっていたが、少なくともあと五、六人はこの場にいた。大僕二人が外に向かったが、そちらに何人いるのか見当もつかない。

「おまえが死んで一番喜ぶのが誰か考えてみろ」

剣を縦横無尽に振りながらガイルは言った。

琅に留め置かれて人質同然になっているリーレンが暗殺されれば、尚王は真っ先に琅を疑うだろう。疑わなくとも、王太子であるリーレンをむざむざ死なせたと憤慨するのは必定だ。琅と尚の同盟は破棄され、下手をすると両国間で戦が起きかねない。そうなれば喬にとって最も好都合な状況となる。

「それに、おまえに死なれたら俺も困るんだ」

ふんと鼻を鳴らしたガイルは、持っていた剣をリーレンに手渡した。帯から鞘を外し、それも押しつける。

「これは……？」

「使え」

それは白っぽい鋼色をした長剣だった。改めて見てみると、刀身に虎の文様があり、柄には紅玉がはめ込まれている。極めて透明度の高い紅玉は、ありとあらゆる宝物に囲まれて育ってきたリーレンが見ても相当高価な物であることがわかった。それ以上にリーレンを驚かせたのは、この剣に見覚えがあったことだ。

いや、正確にはこの剣を目にしたことは一度もない。見たのは古い文献でのみだ。

書庫に収められている文献に、尚の始祖王シャオリンの佩刀（はいとう）について記されているものがある。刀身に白虎の姿が彫られ、柄に紅玉がはめ込まれているという宝剣『白羅（びゃくら）』。数百年以上も前から行方不明になっているその宝剣『白羅』に、この剣はあまりにも酷似していた。

「まさか『白羅』……？」

剣を手にしたまま呆然としていると、素手になったガイルが月牙将軍の神像に近づいた。ガイルが神像に向かって手をかざした瞬間、ただの塑像だと思っていたそれが光を帯びる。神像が眩（まぶ）しいほどに輝くと、なんとガイルはその神像が腰に佩いていた剣を無造作に引き抜いたのだ。

何かが唸るような低い音が聞こえ、塑像の鞘から剣が抜き出される。その剣は『白羅』と対を成すかのような漆黒の刀身をしていた。

それを見たリーレンは目を見開いた。

月牙将軍の佩刀『黒夜（こくや）』がそんな漆黒の刀身をしていたと言われている。とはいえ、実際に『黒夜』を目にした者など誰もおらず、あくまでも伝説上の話でしかない。その伝説自体も今はもうほとんど語られなくなってしまっていて、尚の古い演義に『白羅』を手にしたシャオリンと、『黒夜』を手にした月牙将軍の話がいくつか残されているのみだ。

『黒夜』も月牙将軍の行方とともに所在がわからなくなっていた。天界を追われた月牙将軍が今も生きているとすれば『黒夜』も将軍の手元にあるだろうが、あれから千年以上経った今となっては誰も知る由がない。

その伝説の『黒夜』とおぼしき剣がなぜ琅の月牙廟の中にある神像に隠されているのだろうか。なぜガイルが行方不明になっているはずの尚の宝刀『白羅』を持っているのだろうか。

呆然としている間にも刺客は容赦なくリーレンに襲いかかってきた。

『白羅』を手にしたリーレンは、振りかざされた剣をとっさにそれで弾き返す。そのまま剣を横に払うと、刺客が絶叫を上げてその場に倒れ伏した。

『白羅』はまるで吸いついてくるようにリーレンの手にしっくりきた。琅に来てからというもの剣を手にする機会など一度もなかったというのに、『白羅』に導かれて体が勝手に動くような感覚さえある。

ふと背後に気配を感じて視線を向けると、真後ろにガイルがいた。互いを背に庇いつつ四方を取り囲んでいる刺客に切っ先を向ける。斬りかかってきた刺客をリーレンが一撃で屠ると、ガイルがわずかに口角を上げた。

「なかなかやるな、尚太子」

「琅王様、あなたも」

ガイルと背を庇い合いながら戦っていたリーレンは、不思議な既視感に見舞われた。これと同じような光景をかつて見たような気がする。兵の雄叫（おたけ）びが響く中、血の匂いと埃にまみれながらこんなふうに共に戦ったことがなかっただろうか。

神像の足下で震えているフェイに向かった刺客をリーレンが背後から斬り倒すと、廟から逃走を図った最後の一人に向かってガイルが『黒夜』を突き出した。背から胸に向かって貫かれた刺客が、血の泡を吹いて絶命する。

刺客の体から『黒夜』を引き抜いたガイルは、その男の服で刀身についた血を無造作に拭った。そして、何事もなかったかのように神像に近づき、『黒夜』を月牙将軍の神像の鞘に収める。途端に光を帯びていた神像は再び元の塑像へと戻った。

神像の足下ではフェイが完全に腰を抜かして白目を剝（む）いている。呆れぎみに肩をすくめたガイルはリーレンを振り返った。

「そっちは大丈夫か？」

赤く染まった『白羅』の刀身を布で拭っていたリーレンはガイルに向かって「ええ」と頷いた。

命を狙われたというのに不思議なくらい冷静だった。廟内には自ら屠った刺客たちの無残な死体がそこかしこに転がっているというのに、全くと言っていいほど恐怖感もない。人をこの手で殺めたのは初めてだというのにだ。むしろ見慣れた光景のように感じてしまう自分に、リーレンは違和感を覚えずにはいられなかった。

やがて騒ぎを聞きつけた街の警備兵たちが、廟にどっと押し寄せてくる音が聞こえてきた。その足音を聞いたガイルが、くるりと踵を返す。

「あ、待ってください。剣を――」

リーレンが持っていた『白羅』を差し出すと、ガイルは軽く首を横に振った。

「もともとおまえのものだ。持っていればいい」

「私のもの……？」

それに無言で頷き、ガイルは開け放たれた扉から外に出ていく。現れた時と同様、一瞬で姿を消してしまったガイルを、リーレンは剣を手にしたままただ呆然と見送った。

第十章

月牙廟での一件の後、迎えにやってきた馬車に乗せられて城に戻ったリーレンは、瑠璃宮に入るやいなやフェイの小言をくどくどと聞かされる羽目に陥った。

刺客に襲われた際、完全に目を回して気絶していたことを棚に上げ、フェイはリーレンを叱責する。

「尚の太子ともあろうお方がのこのこと歩いて街にお出かけになるからこういう目に遭うんです！」

「……わかってる。反省してるよ」

「本当にわかっていらっしゃいますか？　もう少しで殺されてしまうところだったのですよ！　大僕たちがいたからよかったものの、もしもお一人だったら今頃リーレン様は冷たくなっていたんですよ！」

「うん……わかってる。私のせいで琅の兵たちを無駄に死なせることになってしまって、反省しているんだ」

大僕二人は無事に戻ってきたが、廟の周囲を警護していた琅の兵十名は全員がその場で殺害されていた。反省したところで時既に遅しだが、リーレンが廟にさえ行かなければ失われずに済んだ命だ。

「いいですか、もう二度と街に出てはいけません。しばらくはこの殿からも出ないようになさってください！」

そう釘を刺され、リーレンは悄然と頷いた。

廟の敷地から運び出されていった琅の兵士の亡骸を思い出すと胸が痛む。自分さえ城下をうろうろしなければ彼らは死なずに済んだのだ。彼らにも家族や愛する人がいただろうにと思うと、申し訳なさでいっぱいになる。ガイルは済んだことだから気にするなと言っていたが、気にならないわけがないではないか。

ガイルにあの兵たちを手厚く弔うよう願い出よう。そのためにはまずガイルに会わなければならないのだが、そのガイルに会う術がないのだ。

口づけられた夜以降、ガイルは全くリーレンの前に姿を現さなくなっていた。むろんリーレンの方も人質同然の身であるため、琅の朝議に呼ばれることもない。今日、月牙廟でガイルの姿を見たのは本当に久しぶりだったのだ。

日が暮れ夕餉の時刻になってもガイルからの声はかからなかった。夕餉を済ませた後も黒兎と白兎の兄弟がリーレンを迎えに来ることはない。夕餉の際にそれとなくガイルの様子を聞いてみたが、二人は首を横に振るばかりだった。

伽に呼ばれなければ特に何もすることがないリーレンは、格子窓から見える月をぼんやりと眺めていた。少し標高が高い場所だからなのか、琅の空は随分と高く澄んでいる。雲もなく、漆黒の夜空に浮かぶ月が今夜はひときわ白く輝いて見えた。その白さがガイルの髪の色を思わせ、リーレンはふっと小さく息をつく。

なんとなくだが、ここのところずっと心に穴が開いたような物足りなさを感じていた。

夜を共にしたところでガイルと体を繋いでいるわけではない。喬との戦況を伝えられた後は他愛もない話をし、白虎の毛の暖かさを感じながら眠る。ただそれだけだ。

朝になればガイルはほぼ人の姿になっていたが、それも回を重ねるうちになんとも思わなくなってきた。最初こそガイルの肌を見て悲鳴を上げていたが、今ではため息をつけるくらいにはなっている。

要は慣れてきていたのだ。ガイルの側にいることも、ガイルを抱いて眠り、ガイルに抱かれて目を覚ますことも、ガイルの肌に直接触れることも、これら全てに慣れてしまっていた。それがいきなりなくなり、物足りなさを感じているのだ。

長椅子に腰を下ろしていたリーレンはふと卓の上に置いたままにしていた剣に目を向け

た。ゆっくりと立ち上がり、卓へと向かう。

奇妙な文様が彫り込まれた鞘は、五年前に丘でガイルが腰に佩いていたものと同じだった。あの時は柄に布が被せられていたが、おそらく『白羅』だったのだろう。

柄にはめ込まれた紅玉を見つめつつ、リーレンは剣を手に取った。鞘から抜くと、刀身が徐々に現れる。白っぽい鋼色をした刀身には、柄に近い部分に虎の文様が彫り込まれていた。やはり古い文献に記されたシャオリンの佩刀『白羅』に間違いない。

「間違いなく『白羅』だ……」

宝剣『白羅』はずっと行方がわからなくなっていた。あまりにも見つからなくて、最初からこの世に存在しないのではないかとさえ言われていたくらいだ。それが千年の時を経て自分の手元にあることがリーレンには不思議で仕方がない。

なんらかの理由があって尚から持ち出され、琅に保管されていたのだろうか。

もともとおまえのものだ。持っていればいい――。

昼間のガイルの言葉を思い出し、リーレンは小首を傾げた。『白羅』は尚国の宝剣であり、いずれ尚王となるリーレンのものだと言われれば確かにそうなのだが、どうも違和感がある。

ずっと昔、この剣を誰かに託しはしなかっただろうか。

ふとそう思い、リーレンは首を横に振った。『白羅』はリーレンが生まれるはるか昔から所在がわからなくなっていたものだ。それをリーレンが誰かに託すはずがない。なのにそう思ってしまうのはいったいどういうことなのだろうか。

「昔……？　昔ってどれくらい昔だ……？」

まだ二十歳になったばかりのリーレンにとって、昔といえば子どもの頃の記憶しかない。そんな直近の話ではなく、もっと昔の――。

剣を鞘に戻したリーレンは、何気なく柄にはめ込まれた紅玉に触れた。途端、激しい頭痛に見舞われ、頭を抱え込む。鞘に収められた『白羅』が勝手にカタカタと揺れ始めると、頭の痛みはますます酷くなった。

「う……ああっ……！」

頭蓋が割れてしまいそうな錯覚に陥ったリーレンは、『白羅』を手にしたままその場にくずおれた。

「リーレン様！」

慌てて駆け寄ってきたフェイに抱き起こされたが、呼びかける声は激しい耳鳴りによってかき消される。

代わりに聞こえてきたのは兵馬の喧噪だった。

城郭の上に聳える望楼が燃えている。城門が破られ、碧宿の城に狄国の軍勢がなだれ込んできたのは今から半時前だ。わずか半時で、美しかった碧宿の街は火の海にされてしまっていた。

「王、お逃げください！」

丞相の声が聞こえたが、彼の目は炎に焼かれる碧宿の街を見据えたままだった。

城の最奥にある皇城に狄の軍勢が迫っている。街は焼かれ、逃げ惑う人々をできる限り皇城の中に入れたが、その皇城さえもいつまで持つかわからない。

「皇城の地下通路を伝えば城の外に出られます。せめて王だけでも――」

「逃げてどうする？　民と臣を失い、城を、国を失った王を王と呼べるか？」

ふっと口角を上げ、彼は腰に佩いた剣を抜いた。白っぽい鋼色をした刀身には虎の文様が彫り込まれている。それを愛しげに見つめた彼は、まるで誰かを待つかのように炎と煤で赤黒く染まった空を見上げた。

「ガイル……不甲斐ない私を許してくれるか？　どうやら私一人ではこの国を守り切るこ

とができないようだ。おまえと興したこの国を……私はたった一代で潰してしまう愚かな王になり果てた」

あと少しで近隣の城から援軍が碧宿に到着するというのに、その王都碧宿が狄の猛攻を受けて先に陥落してしまいそうになっている。王都が落ち、自分の首級が上げられれば、尚は勃興わずか十二年で滅びることになるだろう。

尚は国として十分に栄えようとしていた。暴虐の限りを尽くした永の王を斃して尚という国を興し、ようやく戦の傷も癒えて民が希望を持ち始めた矢先だった。隣国の狄が突如国境を侵して攻め入ってきたのだ。

鬼界の手を借りた狄国の侵略を受けた尚各地の城はひとたまりもなかった。城が落とされるたびに民は皆殺しにされ、鬼怪どもの餌にされていく。人の力だけではどうしようもなく、民は天に祈ったが、祈ったところで基本的には人間界のいざこざに不干渉を貫いている天が助けてくれるはずもない。人々が絶望に打ちひしがれるさなか、その狄の軍勢がとうとう尚の王都碧宿になだれ込んできたのだ。

皇城の門に攻城車の槌がぶつけられ、鈍い音が響き渡る。二度、三度と繰り返されるうちに、巨大な門がきしみ始めた。城壁の向こうからは、殺戮の愉悦に浸る悪鬼のごとき雄叫びが聞こえてくる。このままでは門はあと半時も持ちこたえることはできないだろう。

「王、どうか、どうか、お逃げください！」

「私を逃がす前に皇城にいる民を早く逃がせ！　私は最後で――」

言いかけたが、空を見た瞬間に次の言葉を失った。

空のはるか彼方に黒い雲の塊のようなものが見える。それが少しずつ近づいて形が明確になるにつれ、彼の体は瘧のように震えだした。

「まさか……」

そんなはずはない。人間界がどうなろうが、たとえ鬼怪に蹂躙されようがよほどのことがない限り天からの助けなど来ることはない。よほどのこととは、天界に災いをもたらすほどのことを指す。それ以外に天は人間界に進んで関わろうとしないし、関わることは罪になる。そもそも、人間界の一国が滅びようが、天にとっては痛くも痒くもないことなのだ。だから、天の助けは来ない。彼はそう思っていた。思いながらも一縷の望みをかけていた。

その望みが今、目の前にいる。

瑞雲を伴って現れたのは漆黒の甲冑を身に纏った天からの軍勢だった。空を駆る馬に跨がった数千――いや、数万の騎馬兵が尚の皇城へと向かってくる。

その先頭に白い影が見え、彼は手を震わせた。

まさかと思った。一縷の望みをかけていたが、本当に来てくれるとは思っていなかったのだ。

空から降りてきた軍勢の先頭にいたひときわ立派な騎馬兵が皇城に降り立ち、彼の前に進み出る。

「遅くなって悪かった。なんとか間に合ったか？」

薄青色の瞳（ひとみ）と雪山のごとき真っ白な長い髪、漆黒の鎧（よろい）を身に纏ったその姿を見た途端、彼は助かったと思った。声を聞くと同時に喜びで涙が溢（あふ）れそうになる。

「月牙将軍……」

ぽつりと呟（つぶや）くと、白髪碧眼（へきがん）の男が彼の肩に手を置いてふっと微笑（ほほえ）んだ。

「昔みたいにガイルと呼んでくれないのか、シャオリン――」

◆　◆　◆

「さま……――様！　リーレン様っ！」

「あ……」

何度も名を呼ばれ、リーレンはゆっくりと顔を上げた。目の前にフェイの心配そうな顔がある。フェイの肩越しに文様が描かれた天井が見えるということは、どうやら『白羅』を抱えたまま床に倒れ込んでしまったようだ。

「フェイ……」

そっと体を起こすとまたもや頭が痛みだし、顔をしかめる。

「大丈夫ですか？　倒れた拍子に頭を打たれたのでは？」

「いや……大丈夫だ……」

そう言いながら首を横に振り、リーレンは抱いたままの『白羅』に目を向けた。

リーレンの腕の中で『白羅』が震動を続けている。見た目にはわからないが、リーレンの体に『白羅』の微かな震動がずっと伝わっていた。それがリーレンには『白羅』が喜んでいるように感じて仕方がない。

小刻みに震動し続ける『白羅』をじっと見つめ、リーレンはぽつりと呟いた。

「あれはいったい何だったんだ……？」

白昼夢の中で自分が立っていた場所は、尚の皇城にある望楼だった。リーレンが知っている尚の碧宿とは微妙に違っているが、あの望楼は創建当初からずっと皇城の城壁にあるものだ。皇城の瑠璃瓦を葺いた大殿の位置は同じだったが、形がどことなく違う。白昼夢で見たあそこは、尚であって尚でないどこかだった。

そして、燃えさかる城の中に降り立ったあの軍勢。あの軍勢の中心にいた黒い甲冑の武人は、間違いなく琅王ガイルだった。あの見事な白髪碧眼を見間違うはずがない。

「あれは月牙将軍なのか……？　それとも琅王……？」

夢の中でリーレンはその武人に向かって「月牙将軍」と呼びかけていた。そう呼ばれた彼もまた、夢の中のリーレンを「シャオリン」と呼んだ。

「望楼に立っていたのはシャオリンなのか……？」

そのシャオリンの記憶がなぜ自分の記憶のように存在しているのだろうか。

ガイル、月牙将軍、シャオリン――。

それらの名を反芻(はんすう)していると、割れんばかりの頭痛に苛(さいな)まれる。

「う……う……」

頭の中が混乱し、リーレンはまたその場にうずくまった。「誰か」と人を呼ぶフェイを制止して痛む頭を押さえる。

そうしながらリーレンは眉間(みけん)に皺(しわ)を刻ませた。

以前からずっと感じていた違和感があった。それは月牙廟に詣でるたびに感じていた違和感だ。

廟に祀(まつ)られている豊かな髭(ひげ)を蓄えた月牙将軍と白虎の神像を見ていると、いつも何かが違うと感じていた。白虎の神像を撫でつつもしっくりこない何か。どこかがちぐはぐで、間違っているような感覚――。

胸に抱いていた『白羅』がいっそう激しく震動し始め、リーレンはふと柄を握り締めた。指が紅玉に触れると、今度は自分の中で何かが弾けるような感覚がした。

「あ……」

ぽつりと呟き、リーレンは目を見開く。

「違う……そうじゃない……」

言うと同時に体を起こして卓に手をついた。勢いのまま立ち上がり、扉へと向かう。

「違う……月牙将軍は白虎なんて連れていない……」

「リーレン様！　いきなり動いては――」

「そうじゃなかったんだ……！」

手を差し伸べたフェイに返事をすることなく、リーレンは『白羅』を手にしたまま瑠璃宮から駆けだしていた。

◆　◆　◆

震え続ける『白羅』を手に、リーレンは伽の殿に向かう回廊を走っていく。

「違う……そうじゃない。琅王様は……ガイルは月牙将軍の白虎じゃない」

そう、月牙将軍は白虎など連れていない。あの神像は間違いだ。月牙廟の主神は人ではなく白虎だ。月牙将軍自身が白虎の獣人なのだ。

そして、リーレンはもう一つ大事なことを思い出していた。

自分が尚の始祖王シャオリンの生まれ変わりであるということを——。

回廊を走るリーレンは、次々に流れ込んでくるシャオリンの記憶という名の濁流に翻弄(ほんろう)された。

かつての永国で、シャオリンとガイルは互いに一軍を預かる将軍だった。時の永王レンイの暴政に我慢の限界が来たシャオリンは、永の民を救うべくガイルとともに立ち上がり反乱を起こした。そうしてレンイを斃し、シャオリンは尚国を興して初代の王となったのだ。

これからはガイルと手を携えていこうと思っていたシャオリンだったが、計算違いなことが起きてしまった。そのガイルがわずか数年後に昇仙して神仙『月牙将軍』となってしまったのだ。

昇仙したガイルを追うことなく人間界に残ったシャオリンは、王として荒れた国土の復興にひたすら尽力した。それから十二年が経ち、ようやく民の希望が見え始めた時に、今度は隣国狄が尚に向かって侵攻を始めたのだ。

ガイルとともに作り上げた碧宿の城は、狄の兵とそれに手を貸した鬼怪に蹂躙され地獄と化した。最後の砦となった城の最奥にある皇城がまさに落とされようとしたその時、皇城の城壁に降りてきたのは武神月牙将軍の軍勢だった。

神仙となったガイルが降り立ったことによって、シャオリンと尚は窮地を救われた。それがつい先ほどリーレンが見た白昼夢だ。

ところが、人間界に干渉をした罪で月牙将軍ガイルは、投獄された後に天界から無期限で追放されることとなった。仙籍こそ剝奪されなかったが、追放と同時に天の力が働き、人間界にあった月牙将軍の廟は一夜にしてほとんどが崩れ落ちたのだ。祀られていた白虎の神像も、その時に一緒に灰燼と化した。それは、月牙将軍という武神が人々の記憶から消えた瞬間だった。同時に、月牙将軍の本当の名がガイルであるということも人々の記憶から消えてしまった。

「ガイル……あなたという人は……」

勝手知ったる場所とばかりに回廊を抜け、伽の殿に入ったリーレンは、部屋の奥にある扉に手をかけた。

この扉の向こうには皇城に張り巡らされた地下道がある。いや、地下迷宮と言った方がいいかもしれない。シャオリンとガイルだけが正しい道を知っている古の尚の地下迷宮だ。今や尚の王族ですら正しい道順がわからなくなっていて、中で迷えば二度と出ることはかなわない。けれど、今のリーレンにはその迷宮の正しい道もわかっていた。おそらく琅のこの地下道も、尚の地下迷宮と同じ造りのはずだ。

琅の城にどこか既視感があるのは当然だった。この城はかつての尚の城だ。シャオリンとガイルが二人で作り上げた古の尚の城。それと全く同じ城をガイルは琅の白洛に再現していたのだ。

昇仙した後も狄に侵攻された尚を救い、天界を追われたガイルは尚の隣に琅という獣人の国を興した。獣人たちの保護と同時にシャオリンが興した隣国尚を陰に日向に支え、二人の思い出の城を琅に造り、それを千年間守りながらシャオリンが生まれ変わるのをずっと待ち続けていたのだ。

「あなたという人は……こんなにも尚に——私に尽くしてくれていたのですね……」

さまざまな記憶が流れ込んでくる中、いつぞや白昼夢で見た薄暗い天井がより鮮明なものとなってリーレンの脳裏に浮かぶ。

あれはおそらくシャオリンとしての最後の記憶だ。

◆　◆　◆

宮城の奥まった場所にある寝台で薄暗い天井をじっと見つめていたシャオリンは、自分の命が尽きようとしているのを感じていた。

周りに妃や太子たち、それに家臣たちもいるはずなのだが、その声はおろか気配すらも感じられなくなっている。これが死ぬということかと、シャオリンはふっと息をついた。

長い旅だった。永の将軍家に生まれ、国のために尽くそうとした。けれど、その思いはかなわず、自らの手で永を滅ぼすことになった。国のためという大義名分のもと、永王レンイを斃し、多くの血を流し、また多くの人を死に追いやった。きっとろくな死に方をしないだろうと思っていたが、天は思ったより底意地が悪かったわけではなかったようだ。

いろいろあったが、悪くない人生だと思った。

美しく聡明(そうめい)な妻を娶(めと)り、子宝にも恵まれた。自分が亡き後も、王太子はきっとこの国を、民を慈しんでくれるだろう。ただ唯一の心残りは、恩人であり無二の友であるガイルの行方がわからなくなってしまっていることだった。

人間界に干渉した罪で天界を追われた後、月牙将軍ガイルは行方知れずになっていた。

中原にある月牙廟は一夜で崩れ落ち、今となってはもう月牙将軍のことを知っているのは老人ばかりとなった。子どもたちはそんな神仙がいたことすら知らない。

それもこれも全て自分のせいだとシャオリンは思った。自分が月牙廟に助けてくれと祈願さえしなければ、ガイルが降臨することもなく、天界を追われることもなかったのだ。

もう一度会いたかった。ガイルに詫び、そして礼を言いたかった。なのに、この体はもう言うことをきいてくれそうにない。

ふっとため息を漏らしたシャオリンは、寝台の前の布がふわりと揺れたような気がした。何気なくそちらに目を向けると、寝台の横に男が立っていた。

黒い革鎧を着た男の腰に剣がぶら下がっているのが見え、思わず口角を上げる。

こんな死にかけの老いぼれの命を取ろうという者がまだいたのかと、呆れが込み上げた。いや、もしかするとこれは冥界からの迎えなのかもしれないと思った。あの剣は、きっと末魔を断つためのものだ。とうとうその時が来たかと、シャオリンは笑みを浮かべる。だが、その笑みは男の顔が鮮明になった途端、驚愕へと変わった。

「ガイル……？」

名を呼ぶと、男が寝台の側に跪く。

「シャオリン――」

聞こえたのは懐かしい声だった。白い髪と青い瞳。唇を一文字に引き結んだその顔は、シャオリンが片時も忘れたことのない唯一無二の友の顔だ。

仙になれば老いることはなくなる。姿を消してから五十年以上経ったというのに、ガイルの姿は別れた時のままだった。

また会えた。そう思った瞬間に涙が溢れた。命尽きる寸前に、天はなんという贈り物をしてくれるのだろうか。もう動かないだろうと思っていた手がぴくりと反応し、指が微かに持ち上がる。跪いていたガイルが、すかさずその手に自身の手を重ねた。

ガイルの手の温かさを感じながら、シャオリンは静かに口を開いた。

「約束だ、ガイル――」


約束だ。

次に生まれてくる時には必ずまた巡り会おう。必ず生まれ変わっておまえに会いに行く。

その時は二度と私の側を離れないと誓ってくれ――。

そう言ったシャオリンは、再会の証（あかし）として自身の佩刀『白羅』をガイルに託した。約束が果たされるその日までこれを持っていてくれと言い残し、この世を去ったのだ。

◆　◆　◆

よみがえった古の記憶を噛み締めながら、リーレンは『白羅』を抱いて宮城に張り巡らされた地下道をひた走る。

「私はこんな大切なことを忘れたままだったなんて……」

尚国の宝剣『白羅』が行方知れずになっている理由は、千年の間に忘れられていった。建国の功労者であるガイルの名すら尚の民は忘れてしまっている。民だけではない。リーレンたち王族ですらそれを忘れ、ガイルこそが月牙将軍本人であるということも忘れていたのだ。

なのに、ガイルは約束が果たされるその日をずっと待っていた。シャオリンが生まれ変わり、再び相まみえる日を千年の長きに亙って待ち続けていたのだ。

「ガイル……私は……私はこんなにも長い年月、あなたを待たせていたんですね……」

第十一章

　リーレンは張り巡らされた地下道を右へ左へと曲がった。そうしてやや細くなった道の奥に、ようやく目的の扉を見つけた。

　鉄扉に竹林の模様が浮き出した扉の前に立って手を伸ばし、それを押し開ける。目の前にある石段を一段、また一段と登ったリーレンは、また目の前に現れた竹の模様が浮き出した扉をそっと押した。

　扉が音もなく開き、唐突に目の前が明るくなる。

　宮灯（ぐうとう）の灯り（あか）かと思ったが、それは格子窓から差し込む冴え冴え（さざ）とした月の光だった。複雑に組み合わさった格子窓の影が、艶（つや）やかな石板の床に文様を描いている。それをゆっくりと踏みしめ、リーレンは殿の奥へと足を向けた。

　そこは王の居室として使われている殿ではなかった。

　尚には王が住まう殿から少し離れたところにやや小ぶりの古い建物がある。城の創建当初からあるもので、内装もさほど豪華ではなくむしろ質素と言っても過言ではない。今は使われることもなく半ば倉庫のような扱いをされていて、なんの理由があって建てられたのかさっぱりわからないものだった。けれど、今のリーレンならわかる。そこは王となったシャオリンを支えていたガイルがかつて住んでいた賞月殿だったのだ。

リーレンが立っているのは、まさしく尚のその建物と同じ場所だった。

ガイルのことだからきっとこうしているだろうと思い、リーレンは地下通路から王の居室には向かわなかった。その勘はどうやら当たっていたらしい。

格子窓にぴたりと沿う形で置かれた寝台は寝乱れたままで、部屋の長椅子には衮衣が脱ぎ捨てられている。卓には蓋椀と茶壺が放置されたままになっていて、明らかに誰かがここに住んでいる気配があった。

それらを一通り眺め、リーレンは小さく笑みを零す。

案の定、琅に古の尚の碧宿と同じ城を作ったガイルは、王となってさえも本来の王の居室には住まず、その隣に小ぶりの殿を建ててそこに住み続けているようだ。いかにもガイルらしいと小さく笑い、リーレンはさらに奥へと向かった。

部屋を出て回廊を歩いていくと突き当たりに池があり、水面から蓮が大きく葉を広げているのが見える。回廊が池の半ばまで張り出していて、そこには黒い屋根瓦を葺いた亭が一つあった。

『玲月亭（れいげってい）』と扁額（へんがく）が掲げられたそこからは、その名にふさわしく冴え冴えと輝く月がよく見える。けれど、リーレンの目に映っているのは、池に浮かぶ蓮の葉でもなければ、空に輝く月でもなかった。その目には、亭の真ん中に置かれた卓に片肘（かたひじ）をついて一人で酒を飲んでいるガイルの背中だけが映っていた。

　私室だからなのか、外にいるにもかかわらずガイルは人の姿のままだった。長い白髪を一つに束ねて漆黒の深衣（しんい）に垂らし、気だるそうに座っている。卓の上に杯が置かれているものの、ガイルはかまわず小ぶりの酒壺から直接酒を呷（あお）っていた。

「相変わらず一人酒ですか。酒壺から直接飲むと飲みすぎるからやめるよう言ったのを忘れたんですか？」

　声をかけた途端、ガイルがびくっと体を強張（こわば）らせる。恐る恐る振り返ったガイルの驚愕した顔があまりにもおかしくて、リーレンは思わずぷっと吹き出した。

　酒壺から直接飲むと飲みすぎるからやめなさい——。

　それはシャオリンの口癖だった。千年ぶりにその言葉を聞かされたガイルが、完全に固まってしまっている。

　言葉を失って呆然（ぼうぜん）としているガイルを見つめつつ、リーレンはゆっくりと玲月亭に足を踏み入れた。ガイルの横にある椅子に腰を下ろし、目を細めて艶やかな笑みを咲かせる。

「琅王……いえ、月牙将軍ガイル。ようやく会えましたね」

「シャオリンなのか……？」

瞬(まばた)きをすることも忘れてそう呟いたガイルに、リーレンは微かに首を縦に振った。

「思い出したのか……？」

まだ信じられないといったふうに尋ねられ、リーレンは少し困ったような笑みを浮かべる。

「どう言えばいいでしょうか……シャオリンだった頃の記憶が戻ってきたというか、私の——リーレンの中にシャオリンという別の人物の記憶が流れ込んできたというか……今はまだなんだかよくわからない感じです」

まだ頭の中が混乱していると微笑み、リーレンは卓の上に『白羅』を置いた。

「でも、昔のことは『白羅』に触れてだいたい思い出しました。あなたとともに戦ったことも、尚をあなたと二人で作り上げたことも、あなたが狄に攻められた尚を救ってくれたことも、そのせいであなたが天界を追われたことも。そして……あなたを残して私が先に人としての一生を終えてしまったことも——」

「シャオリ——いや、今はリーレンと呼んだ方がいいのか」

律儀に言い直したガイルに、リーレンは少し困ったように口角を上げる。

「どちらでも。ただ紛らわしいので、できれば人前ではリーレンと呼んでくださった方が助かります」

「二人でいる時もか？」

「どうしても私をシャオリンと呼びたいのですか？」

問いに問いで返すと、ガイルが黙り込む。しばらくリーレンを見つめた後、ガイルはくすっと笑って卓に片肘をついた。

「そうだな。確かに今のおまえは尚の太子リーレンだ。気は同じだし顔もどことなく似ているが、シャオリンじゃない」

「そうきっぱり否定されると複雑なものがありますね。シャオリンでもありリーレンでもある——そう思ってくださると嬉しいんですけれど」

「どっちなんだ」

呆れて苦笑したガイルに、リーレンもまた破顔する。

「あなたの呼びやすいように呼んでください。どちらも私であることに違いはないので」

「わかった。なら今はリーレンと呼ばせてもらおう」

その言葉に笑みで返事をし、リーレンは改めてガイルに向き直った。

「なかなか思い出せずにいてすみませんでした」

「いや。思い出してくれただけで十分だ」

「あの時、私はあなたに約束しましたね、ガイル。また巡り会おうと。必ず生まれ変わり、あなたに会いに行くと――」

　命尽きる間際、ガイルがそうしてくれたように、リーレンはガイルの手に自身の手を重ねる。

「あれからあなたを随分待たせてしまいました。申し訳なく思います」

　詫びたリーレンにガイルは何も言わなかった。ただ卓に置かれた『白羅』に視線を落とす。その白羅にリーレンも目を向けた。

「『白羅』をずっと持っていてくださったんですね」

「ああ。おまえに託された剣だからな。約束を果たすその日までこれを持っていてくれと言っていただろう。この剣がきっと鍵（かぎ）になるのだと思って肌身離さず持っていたんだ。けれど――」

　尚の始祖王シャオリンとしての命は尽きたが、それからシャオリンは何度も生まれ変わっていたとガイルは告げた。

　シャオリンが転生するたびに『白羅』が反応し、ガイルはその気を追って尚に向かった。

転生したシャオリンは、貴族の子弟であったこともあれば、農村部の民であったこともある。女性として生まれ変わっていたこともあった。けれど、何度転生してもシャオリンは昔の記憶を取り戻すことなく一生を終えていく。託された『白羅』を見せ、触れてさえも気づかない。それを繰り返す千年だった。

「五年前、『白羅』が反応して尚に向かったら、あの丘でおまえに会った。あんなふざけた偶然なんかあってたまるかと思ったが、どこかで会ったことがあるのではないかと言うおまえの言葉に救われた。今度こそはと思って期待した。けれど――」

リーレンは何も思い出すことなく五年が過ぎた。加冠の儀式を終えたリーレンはそのまま妃を娶り、やがて尚の王となってまた生を終えていくのだろう。

「今回もまたすれ違うのかと諦めかけていたんだ」

そんな折、尚が喬の侵略を受けた。同盟を求める使者として王太子リーレンがやってくると知った時は、どれほど歓喜したことだろうか。

思い出してほしくて、獣人としての姿を見せ、白虎の姿を見せ、そして、人間と同じガイルとしての姿も見せた。

「毎晩おまえを伽に呼んだのも、昔のように一緒に過ごしていれば思い出してくれるかもしれないと思ったからだ。笑うだろうが、それくらい必死だったんだ」

「そうだったんですか……」

謁見の間や伽の殿で悠然と構えていたガイルが、まさか心の底ではそんなふうに思っていたなどリーレンは想像だにしなかった。

「やはり『白羅』が記憶を取り戻す鍵だったのか？」

問われたリーレンはわずかに目を泳がせると、小さく咳払いをした。

「それもありますが……その……、記憶が戻ってきた一番のきっかけは、あなたの口づけです……」

「ああ？」

ぽかんとしたガイルがまじまじとリーレンを見やる。

「あ……あなたの口づけがあまりにも激しくて……、ちょっと衝撃的すぎて驚いてしまって……びっくりしたというか、記憶をこじ開けられたというか……」

そう言ったリーレンに、ガイルはぷっと吹き出した。

「そうか。あの時か」

赤面しつつ頷いたリーレンにもう一度笑いかけ、ガイルは重ねられていた手をぐっと摑んだ。そのままリーレンを引き寄せ胸の中に抱き込む。

力強く抱き締められるのかと思っていたら、まるで壊れ物を大切に包むかのように背を抱かれた。柔らかな抱擁に驚きつつも、リーレンはそのままガイルに身を任せる。

「待っていたぞ――」

「ガイル……」

「またおまえに会えるのを俺はずっと待っていた……」

リーレンの髪に顔を埋め、ガイルは言葉を嚙み締めるようにこれまでのことを口にした。

シャオリンが世を去った後、天界を追放されたガイルは行く当てもなく人間界を彷徨っていた。仙籍を剝奪されたわけではないため、徳を積んで天に許しを請うこともできたが、今さら天界に戻る気もしなかった。そうして人間界を放浪していると、いつの間にか二百年近い年月が経っていた。

中原各地では国が勃興しては滅びていく。やがて人間に虐げられるようになってしまった獣人の同胞たちを救済しているうちに、いつの間にやら彼らの頭領となっていた。

「どうせならと思って、国を興した。それが琅だ」

「この白洛の城はかつて私たちが作った尚の城と同じ造りですよね？　どうしてまたそんなものを？」

「おまえと俺の城だからだ。ここでおまえを待とうと思った。再びおまえと会える日が来たら、この城に――俺たちの城に迎え入れようと思ったんだ」

琅の王となり、古の尚にあったものと同じ城を作ってガイルは待った。誓いが果たされることを信じ、神仙として永劫の命を得たまま、転生したシャオリンをこの城に迎え入れる日が来ることを信じて千年間待ち続けたのだ。

「待って、待って、待ち続けて……あと何年、何十年、何百年待てばいいのかと、気がふれてしまいそうになったこともあった……」

それは千年の思いを全て吐き出すかのような言葉だった。ガイルの千年の孤独と苦悩がその言葉の中に凝縮されている。

黙って抱かれていたリーレンは、ガイルの背にそっと腕を回した。驚いて顔を上げたガイルを、リーレンはじっと見つめる。

「それでもあなたは私を待っていてくれたんですね」

「きっと思い出してくれると信じていたから千年待てたんだ」

ガイルはなんでもないことのように言うが、その千年には計り知れない艱難辛苦があったに違いない。

「ガイル……私はあなたの千年に亙る孤独をどう埋めて差し上げればいいでしょうか」

「何もいらない。おまえが思い出してくれて俺の腕の中にいると思えば、千年など瞬きの一瞬だ」

「本当に？」

笑みを交えて問い返すとガイルが黙り込む。

しばし沈黙した後、ふと立ち上がったガイルはリーレンに手を伸ばした。膝と背に腕を回されたと思った次の瞬間、体がふわりと宙に浮く。

「わ……」

あまりに突然のことで思わずガイルにすがりつくと、頬に白い髪が触れた。人間の髪とは少し違う絹糸のような細さのそれに頬をさわさわと撫でられ、リーレンはくすぐったさと同時に羞恥心が込み上げてくるのを感じた。

ガイルに触れた途端、体を繋いでいる場面が脳裏をよぎり、とっさに顔を背ける。シャオリンの記憶が戻ってくるのはかまわないが、どうしてこういう生々しい情事ばかりを思い出してしまうのだろうか。濫りがわしい白昼夢に鼓動が跳ね上がり、顔が一気に赤くなった。

「どうした？」

耳元に低い声で囁かれ、さらに鼓動が速くなる。これ以上体を密着させていると下半身があらぬ形に変化してしまいそうで、リーレンは思わず身を捩った。

「お……下ろしてください……」

「もうすぐ下ろす」

「もうすぐ？」と繰り返したリーレンに返事をすることなく、ガイルは部屋の中へと入っていく。

獣人が人間よりも膂力があることは知っているが、かなり長身になったリーレンを幼児でも抱くかのように軽々と抱き上げる力にはやはり驚かされる。リーレンを横抱きに抱いたまま茶壺と蓋椀が置かれたままの卓を通り過ぎたガイルは、殿の奥へと向かった。最奥の部屋に足を踏み入れ、格子窓から月明かりが差し込むあの寝乱れた寝台にリーレンを下ろす。

「ガイル……？」

亭から寝台に直行されたリーレンが呆然としていると、ガイルは自分の髪を束ねている飾りを外した。

長い白髪が肩から背に向かって流れ落ちていく様子はいつ見てもうっとりするほど美しい。飾りを寝台の横にある卓に置いたガイルは、そのままリーレンに手を伸ばした。リーレンの頭頂に乗せられている銀色の冠を外し、それを卓の上にある自分の髪飾りの隣に置く。そうしてゆっくりと振り返ったガイルは、リーレンの隣に腰を下ろした。

「さっきは何もいらないと言ったが撤回する。欲しいものがひとつあるが、何かわかるか？」

若干の笑いが混じった言葉にリーレンの心臓がとくんと脈打った。

今のこの状況でガイルの欲しいものなど、リーレンにはひとつしか浮かばない。

少し間があいているものの、ガイルの体温が横からじわりと伝わってくる。そっと視線だけを向けると、ガイルと目が合った。あの蛍石のような薄青色の瞳に見据えられ、いきなり鼓動が跳ね上がる。何かされたわけでもないのに、唐突に激しい羞恥心に苛まれ、リーレンは慌ててガイルから目をそらした。

「どうした?」

問いかけてくる声が若干笑っているように聞こえるのは決してリーレンの気のせいではないだろう。明らかにガイルはこの状況を楽しんでいる。

「私をからかっているんですか……?」

「からかっている? どうして?」

「今の私が……リーレンが閨房のことを何も知らないと思っているのでしたらそれは間違っていますから」

「そうだな。今はリーレンでも元はシャオリンだ。知らないわけがないな」

声を殺すように笑ったガイルを、リーレンは頬を染めながらじろりと睨み、また視線を床に落とす。

リーレンに妃はいないが、シャオリンには妃も子もいた。だからこそ子孫のリーレンは存在している。シャオリンとしての記憶がある今、実際に性的な経験がないリーレンにも閨房で何をどうすればいいのかわかっているし、そうすればどうなるかということもわかっている。それがどういう心地なのかも――。

そして、リーレンにはガイルが何を望んでいるのかも十分すぎるほどわかっていた。意を決して視線を上げると、ガイルはリーレンを見つめたままだった。千年前と何一つ変わらない熱い思いが込められた薄青色の瞳。それに見つめられていると、胸の奥がきゅっと締めつけられる。

ガイルにはたくさんのものを与えられた。かつては永の将軍として共に戦い、シャオリンが永王を斃すと決めるとその反乱に真っ先に手を貸してくれた。共に尚を興し、昇仙して神仙月牙将軍となった後も天の理をかなぐり捨てて尚とシャオリンの窮地を救ってくれた。そして今は琅の王として再び尚を助けようとしてくれている。そんなガイルに自分は何ができるだろうか。

「私は……私はあなたにたくさんのものを与えられました。今度は私があなたに与える番ですね」

そう言ったリーレンは、立ち上がってそっと帯を解いた。深衣を肩から落とし、中衣の紐を解く。

「あなたの望みはこれですよね……」

襟をはだけようとすると、ガイルが困ったように片眉を跳ね上げた。

「自分で脱ぐなと言っただろう。俺の楽しみを奪うな」

そう言ったガイルがリーレンの手をぐっと引く。そのまま倒れ込んだリーレンをガイルは胸の中に抱き込んだ。

ガイルの体温が布越しに伝わり、鼓動がどんどん速くなっていく。

「ガイル……」

見上げた先に薄青色の瞳が見える。子どもの頃から好きでたまらなかった白虎の青い瞳。あの不思議な感情は記憶のどこかにあるガイルへの思いだったのだろうか。

その蛍石のような透明感のある青い瞳は、今、リーレンだけを見つめている。

「今夜こそおまえを感じさせてくれ――」

穏やかな声が、柔らかい笑みが、熱のこもった眼差しが、ガイルの全てが愛おしい。無言で広い背中を抱き締めたリーレンは、蜜よりも甘い口づけを享受した。

第十二章

軽くついばむように口づけたかと思うと、ガイルは深く唇を合わせてきた。リーレンが息苦しさを感じる直前に唇を解放し、また軽く触れる。それを何度か繰り返したガイルは、リーレンを寝台にそっと横たえた。

「あ……」

背に寝具の柔らかさを感じ、リーレンは思わず声を上げた。えもいわれぬ不安感が込み上げ、体が強張る。

これから何をされるのか頭ではわかっているが、なにぶんリーレンとしてはそういった経験をしたことがない。女の肌にすら触れたことがないのに、初めて男を受け入れることになるのだ。しかもその相手が獣人ならば不安を感じないわけがない。

寝具をぎゅっと摑んでいるリーレンに気づいたガイルが、ふと体を起こした。

「嫌か？　嫌ならやめておくぞ」

問われて返事に困った。リーレンが嫌と言えばガイルは本当に何もせずにいるだろう。

別に嫌というわけではなかった。ただ、記憶の中に断片的にあるものではなく、実際の体に与えられる快感に感情が追いつかないだけだ。このままガイルに抱かれてしまえば、あの白昼夢のようにあられもなく乱れてしまう予感しかない。

「嫌ではないのですが……その……リーレンとしての私はまだそういう経験がなくて……あ、頭ではわかっているんですが……」

「俺に抱かれるのが怖いか？」

「……今さらだと思っていますか？」

記憶の中のシャオリンは、ガイルと親友ではあるものの、体の関係があったのも事実だ。全てを思い出したわけではないが、ガイルに抱かれて身もだえている白昼夢だけは何度も見ている。

ところが、リーレンの言葉を聞いたガイルは少し憮然とした顔をした。

「今さらというほど俺はおまえを抱いていないぞ。永王を斃すと誓ったあの日と、尚の城が完成した日の二回だけだ」

「え……？」

二回と言われ、リーレンは言葉に詰まった。たった二回だけの行為をあんなに生々しい白昼夢として何度も見てしまっていたらしい。いったいどれだけ快楽に溺れたのだと自分で自分が嫌になってくる。

「どうする？　怖いというなら今夜は何もせずにおく」

問われてリーレンは上目遣いでガイルを見やった。

正直に言うと怖い。だが、怖いのは体を繫ぐという行為ではなく、ガイルに翻弄されて乱れてしまうだろう自分が怖いのだ。あの白昼夢が本当にあった過去の出来事だというのなら、ガイルに抱かれた自分は快楽に溺れて乱れ狂うに決まっている。

けれど――。

ガイルをじっと見上げ、リーレンはふっと息をついた。意を決して手を伸ばしガイルの広い背に回す。

「リーレン？」

「さっきも言いましたよね。今度は私が与える番だと」

「いいのか？　先に言っておくが、もう手加減できる余裕なんかないぞ」

「かまいません。あなたを千年も待たせたんですから――」

「わかった。なら遠慮はしない」

笑みとともに再び与えられた今度の口づけは、言葉通り遠慮のない本気の口づけだった。

唇を深く合わせたガイルが、舌で歯列をこじ開けて口蓋（こうがい）を躊躇（ちゅうちょ）なく撫でていく。

「んぅ……う……、ふ……」

舌で舌を搦め捕られ、強く吸い上げられた。唇を開くと、ガイルの舌がいっそう深く絡んでくる。

次々に降り注ぐ嵐のような口づけに、リーレンはあっという間に翻弄された。少しずつ深くなったそれは、今や獲物を貪り食らうかのような激しさになっている。

「リーレン――」

耳元で名を囁かれ、ぞくりと背が震えた。

ガイルの声は耳に心地よい低音だった。今はそこに情欲への興奮による熱っぽさが加わっていて、なんとも言い難い男の艶を感じる。

「ガイル……」

やや強引に腰を引き寄せられ、リーレンは喉をのけぞらせた。息をつこうと口を開くと、ガイルがより深く口づけてくる。それは、記憶を取り戻すきっかけとなった口づけが子ども騙しのように感じるほどの激しさだった。

「んっ……、んっ……」

ガイルの襟元をぎゅっと摑み、リーレンは漏れ出す声を必死で堪えようとした。ただ口づけられているだけだというのに、体がそれに反応し恍惚とした気持ちになってくる。

　歯列を緩めると、ガイルの舌がまた口蓋を撫でた。敏感なところを愛撫されたような感覚に陥り、びくっと体が硬直する。

「あ……、ふっ……」

　息継ぎの間に漏れ出した自分の声は、耳を塞ぎたくなってしまいたくなるほど淫らだった。ガイルの唇が頬から耳、そして首筋に向かっていくと、淫靡な快感がせり上がってより甘い声が漏れ出してくる。その声があまりにも淫らで、恥ずかしさのあまりリーレンは自分の口を手で塞いだ。

「どうして口を塞ぐんだ？」

　リーレンの中衣の紐を解きつつガイルが尋ねる。

「こ……声が漏れてしまうので……」

「俺はおまえの声が聞きたい」

　そう言ったガイルは、そのままリーレンの襟を開いた。

「あっ……」

　抵抗する間もなく裾まではだけられ、リーレンはかっと顔を赤くした。

　夜の帳は下りているが、寝台の真横にある格子窓からは白い月の光が漏れ入っている。快感に反応し始めた自分の体がその光に晒され、それをガイルに見られていると思うと恥ずかしくてたまらなかった。

「ガ……ガイル……、せめて寝台の布を下ろしてください。それか宮灯を――」

部屋の四隅には宮灯が置かれていて、中をぼんやりと照らしている。格子窓から漏れる月明かりが消せないならば、せめて宮灯を消してほしいと思ったが、体を起こしたガイルはリーレンの願いを聞き届けることなく自分の帯を解いた。面倒くさげに服を脱ぎ捨て、月明かりの下に裸体を晒す。

格子窓から漏れる月明かりを背景にしたガイルの姿に、リーレンは放心した。

ガイルの裸は毎朝嫌でも目にしていたが、寝ぼけ眼ではない目で改めて見ると、惚れ惚れするような肉体だった。隆起した胸板も、縄を編んだような腕も、引き締まった腹や腰も、こうして月明かりの下で見てみると何もかもが計算され尽くしたように美しい。そこに流れる深山の滝のような白い髪が、その美麗さに拍車をかけていた。

神獣と言われる白虎が人の姿になると、こうも美しいものになるのか――。

感心しつつしばし躊躇ったリーレンは、おずおずと視線を下げた。胸から腹へ、そしてさらにその下へと視線を動かしていると、ガイルがくすっと笑う。

「棘はあるか？」

今まさに確認しようとしていたことを口に出され、リーレンは顔から火を噴きそうになった。

シャオリンだった頃にガイルと体の関係があったことは確かなのだが、男根の棘の有無までは思い出していない。既に雄の形に変化しているガイルのそれがどうしても気になってつい目を向けてしまったのだ。

「あ……あの……」

言い訳をと思っても全く言葉が出てこない。恥ずかしさのあまり穴があったらこのまま埋まってしまいたい気分だった。

「気になるなら確かめてみるか？」

何をと問い返そうとしたところで強引に抱き締められた。腰を引き寄せられると、ガイルのものが腹に当たる。いや、腹だけではない。変化してしまったリーレン自身の肉茎にもそれが触れ、一気に体が熱くなった。

とっさに身を捩ろうとすると、ガイルがリーレンの手を取った。その手をそのまま下腹部へと導かれ息を呑む。

「自分で触って確かめてみろ」

「あ……」

弾力のある丸みを帯びた先端が指先に当たり、とっさに手を引いた。禁忌を犯してしまったような気になったが、好奇心がそれに勝ってまたそっと手を伸ばす。

まず指先に触れたのは、丸い先端だった。その下にあるややくびれた部分、そこから下に向かって繋がっている剣の柄のようなもの——。

直接見るのが憚られ、リーレンは指先だけでその形を確認していった。再度先端部に触れた途端、それが勢いよく跳ね上がる。呆然としたまま視線を上に向けると、ガイルが困ったような顔をしていた。

「随分と煽る触り方をしてくれる……」

吐息交じりにそう言われ、リーレンの顔がまた赤くなった。そんなつもりはなかったが、確かにあれでは煽っていると思われても仕方がない。同じようなことをされれば、色欲を戒めとしているリーレンであっても同様の状態になってしまうだろう。

何と返事をしていいのかわからず口ごもっていると、ガイルがくすっと笑った。

「で、棘はあったか？」

まだそれを聞くのかと、耳まで赤くなる。だが、答えない限りガイルはずっと同じことを聞き続けるに違いない。ガイルにちらりと目を向け、リーレンは渋々口を開いた。

「……ありません」

「安心したか？」

棘がないことには安心したが、今度は別の不安が生まれた。巨軀の獣人とそういった行為をすることを反対していたフェイの言葉が今になって身にしみる。指先で確認しただけだが、ガイルの硬く変化した肉茎は自分のものとは比べものにならないほどの大きさだったのだ。

白昼夢の中のシャオリンは、今のリーレンよりももう少し大人の男だった。そのシャオリンがガイルに抱かれてあんなにも身もだえていたのだ。とてもではないが、それよりもまだ若い今の体が、ガイルの営みの刺激に耐えられるとは到底思えない。

「ガイル……私は……壊れてしまわないでしょうか……？」

恐る恐る尋ねると、ガイルが一瞬驚いたような顔をする。不安げなリーレンを見下ろしていたガイルは、穏やかな笑みを浮かべて寝具に広がる漆黒の髪を梳いた。

「壊したりしないから安心しろ」

その言葉を信じたわけではないが、リーレンは小さく頷いて目を閉じる。

ほどなく感じたのは胸元にかかる吐息だった。驚いて体を起こそうとすると、ガイルが胸に並ぶ薄桃色の小さな隆起の片側をちゅっと吸い上げる。先端の突起を舌で弾かれ快感のあまり腰が跳ねた。

「あ……はっ……」

何をされているのか視線を下げて確認したくても、それすらできない。乳暈を愛撫される気持ちよさにリーレンの体はあっけなく暴走を始めた。

「ガ……ガイル……、そこは——あ……ふっ……」

抗議の声が一瞬にして甘い喘ぎに変わり、リーレンはまた自分の口を手で塞いだ。ガイルの唇と舌が胸の突起を吸い上げ、指先がもう片方の突起を弾く。片方ずつ別の快感を与えられると、全く触れられていないにもかかわらず、リーレンの肉茎は完全に罪な形に変化した。

「あ……あぁっ……ふ……、ガ……イル、そんな……あっ……」

くにくにと押しつぶすように乳暈を摘まれ、リーレンは身もだえた。硬くなり始めた乳首を扱かれると、全身が総毛立つような快感に苛まれる。

「はぁ……、んんっ……ああ……、あぁ……」

嬌声を上げるのはリーレンばかりで、ガイルは声一つ発することはなかった。無言でリーレンをより深い快楽へと導いていく。やがて胸を弄っていた手が脇腹に滑り下りて下腹部に向かった。

ガイルの指が露を零し始めていたリーレンの開ききらない蓮の蕾のような先端に触れる。そこを覆っていた薄い包皮を引き下ろされ、小さく喉が鳴った。

「あっ……ぁ……、は……」

唇で胸の突起を愛撫したまま、ガイルは剝き出しになった先端を指先でゆっくりと擦り上げていく。どれだけ口を塞いでも鼻にかかった甘い声が漏れ出し、リーレンはたまらずガイルの肩を押した。けれど、ちっとも力が入らず、手はそのままガイルの髪を捉えるに留まる。

細い糸のような髪を指に絡ませると、ガイルがゆっくりと顔を上げた。薄青色の瞳に見据えられ、ぞくぞくしたものがせり上がってくる。

「ガイル……」

ガイルを呼ぶ自分の声があまりにも淫らに聞こえ、リーレンは動揺した。自分はこんな声だっただろうか。こんなにも情欲に満ちた声色をしていただろうか。

少しずつ下に体をずらしていったガイルの唇が脇腹に触れ、下腹部へと滑っていく。くすぐったさと快感が同時に訪れ、リーレンの薄桃色をした性器がぴくりと跳ね上がった。先端から露がとろりと溢れ、それがガイルの指を濡らしている。

より強い刺激を求めて我知らず腰を揺らしていたリーレンは、ガイルの髪を軽く引っ張った。

「ガイル……もっと――」

そう口走ってしまった自分にリーレンは驚いた。

もっと——その後に続く言葉は、とてもではないが口にできない。

「もっと？　もっと、なんだ？　こうしてほしいということか？」

黙り込んだリーレンを見つめて笑ったガイルが、さらに体を下にずらす。まさかと思った瞬間、ぬるりと先端を包み込まれた。

「あ……ふっ……」

硬くなってしまったリーレンのものに手を添えたガイルが、先端を口に含んでいる。柔らかな舌に敏感なくびれをなぞられ、抑えきれない声が漏れ出した。

「ち……違……」

「違う？　ならこうか？」

露を零す小さな口に添ってガイルが舌を這わせる。狭いそこを舌先で抉られ、リーレンは喉をのけぞらせた。

「ああっ、あ……だめ……です、ガイル……、それは……あぅ……」

強く、弱く——。ありえない場所にしゃぶりつかれて下肢がじんじんと痺れてくる。下腹部の奥から甘い熱が込み上げ、リーレンは焦って身を捩った。

「だ……だめですっ、ガイル……、放して……、出てしまいますっ……！」

じゅっと強く吸い上げられ気が爆ぜる。抗議の声もむなしく、リーレンはあっけなく劣情を迸らせた。しかもガイルの口の中に出してしまい、いたたまれなさでこの場で消え入りたくなってくる。なのにガイルはリーレンが迸らせた白濁を嚥下してしまったのだ。

いたたまれない気持ちがさらに倍増し、リーレンは両手で自分の顔を覆った。ガイルの顔を見るのも、自分の顔を見られるのも恥ずかしくてたまらない。

「リーレン」

静かに呼びかけられ、リーレンは顔を覆っていた手を少しだけずらした。指と指の間からガイルの顔が見え、どくんと胸が大きく高鳴る。

「顔を見せてくれ、リーレン」

ゆっくりと体を起こしたガイルが、リーレンの手をそっと掴んだ。

重なり合った薄紙を剝ぐようにそろりと顔から手をどけられる。息がかかるほど近くにガイルの顔があり、それこそ口から心臓が飛び出しそうになった。

「リーレン……」

やけに神妙な面持ちのガイルが、微かに震えているリーレンの唇を指でなぞった。そのまま指先を口の中に差し入れられ、どうしていいのかわからないまま、リーレンはその指に舌を絡ませる。

「う……んっ……」

一本だった指を二本に増やし、ガイルはリーレンの口蓋をなぞっていく。唾液が絡まる水音を立てながらガイルの指を咥える様は、まるで口淫の疑似行為のようだった。

無心で指に舌を搦めていると、ガイルはリーレンの口からふいに指を抜いた。

「そろそろおまえを感じさせてくれるか?」

その言葉の意味を察したリーレンは、きつく閉じていた膝の力を緩めた。小さく吐息を漏らすと、震える膝頭をガイルがそっと撫でていく。

またもや体が強張り、リーレンは訴えかけるような眼差しをガイルに向けた。

「ガイル……やっぱり——」

無理だ——。

だが、そう続けようとした言葉はガイルの笑みに封じられた。

「怖がらなくていい。酷いことはしないから——」

それは、優しいが決して有無を言わさぬ口調だった。囁きつつガイルはリーレンの膝を大きく左右に割る。そのまま足の間に体を置いたガイルは、リーレンの膝裏をぐっと抱え上げた。

「ガ……ガイルっ……」

足を開いた状態で肩が寝台につくほど体を折り曲げられて、リーレンは目を見開いた。月明かりの下に秘部が余すところなく晒され、必死で身を捩る。

「嫌っ……嫌です、ガイルっ……」

だがガイルは手を緩めるどころか、身を屈めて閉じたままの後ろの窄まりに舌を這わせてきた。

「ひあっ……」

ありえない場所に湿った感触が伝わり、体が硬直した。口淫をされた時の比ではない羞恥心が込み上げ、顔も体も一気に熱くなっていく。

「い……嫌……、あ……ぁ……」

ぴちゃぴちゃと水音が聞こえ、リーレンは唇を噛み締めた。

ガイルが閉じたままの後孔を舐め回している。後孔の周囲を這っていた舌が窄まったそこに差し込まれた瞬間、小さく喉が鳴った。中をこじ開けるように舌で愛撫され、リーレンの鼓動はこれ以上ないというほど速くなっていく。

「ガ……ガイルっ……そんなこと……、だめですっ……だ……め……、ああっ……！」

くすぐったさと気持ちよさが同時に湧きだし、あられもなく身もだえた。先ほど達したばかりの性器がまたもや硬くなっていく。先端からぽとりぽとりと露を零している無垢なそれを、ガイルはそっと掌(てのひら)で包み込んだ。

「あ……ふっ……」

溢れる露を先端の小さな口に塗り込めるように撫でられ、膝ががくがくと震えだす。後孔を舌で愛撫されたまま淫らな形となった先端を擦られ、リーレンは激しく頭を振り立てた。先ほどガイルに赤くなるまで愛撫された乳暈までもが疼(うず)きだし、思わず自分でそこに指を這わせる。つんと尖(とが)ってしまった先端を軽く摘まむと、たまらない快感が湧きだした。

「あふっ……、う……」

なんという淫らな真似(まね)をしているのだろうと思ったが、快楽を求めて手が止まらない。自ら胸を弄るリーレンをガイルが上目遣いで眺めていたが、その視線でさえも快感となってリーレンを責め立てた。

「リーレン、どっちが気持ちいい？」

蕩(とろ)け始めた後孔に舌を這わせながらガイルが尋ねる。そんなことを聞かないでくれとばかりにリーレンは唇を噛み締めた。下腹部の奥がじくじくと疼き、ガイルの舌が這い回っている後孔がきゅっと締まる。同時に、またもや兆してしまった肉茎の竿(さお)部分をガイルがゆるりと擦り上げた。

「はあっ……あっ……」

堪えきれずに声を漏らすと、ガイルがまた性器の先端を指先でするりと撫で上げる。

「どっちがいい？」

繰り返し尋ねられたが、答える余裕がどこにあるというのだろうか。前と後ろを同時に愛撫されて体が溶け崩れてしまいそうだった。

「あ……あっ、ふっ……、ああっ……、うっ……」

腰を跳ね上げたリーレンは、嬌声を上げながら激しく頭を振った。強い快楽を与えられ、どう反応していいのかわからなくなってくる。体が震え、何か摑まれるような場所を探したが、結局乱れた寝具を摑むのが精一杯だった。

リーレンの後ろをほぐすようにガイルはそこを舌や指で愛撫していく。唾液でしとどに濡れた後孔に指先を軽く挿入されるだけで、リーレンは感極まった声を上げた。

「ああっ……んっ、あっ……あっ……」

ガイルの指技に反応して後孔がひくひくと蠢く。湿った水音を立ててガイルは熟れきった肉壁を何度も指で擦っていった。後孔を少しずつ広げられているような気もしたが、ガイルがそこに何本指を挿入させているのかもわからない。肉壁の浅い部分で指を回されると、強烈な快感がせり上がって薄桃色の先端から白い露がぽとりぽとりと滴り落ちた。

「ガイル……、も……う……、嫌……だ……、おかしくなるっ……」

過ぎる快楽に翻弄され、リーレンの眦から涙が零れる。

やがて指を抜いたガイルが、リーレンの尻を自身の膝に乗るような格好で抱え上げた。しとどに濡れた後孔にガイルの肉欲的な肉茎の先端が当たる。視線を下に向けると、矛のように先端が反り返ったそれが目に入った。

「もういいか？」

何をと問い返すこともできずリーレンは目を閉じる。それを了承と受け取ったガイルが、体を押し進めた。

「あっ……」

唾液で濡れた後孔に先端がぐっと押しつけられる。指で暴かれた蕾を広げるように、ガイルの矛の先が侵入を始めた。

「あっ……、ああっ……！」

くちゅっと小さな音を立てて先端が中に入った途端、強烈な圧迫感に苛まれた。痛みは薄いが、狭い筒を内側から押し広げられて息が詰まりそうになる。

「は……あっ、あっ……はっ……」

「リーレン――」

体をゆっくりと前に倒したガイルが、荒い息を吐くリーレンの髪をそっと梳いた。恐る恐る目を開けると、薄青色の瞳が視界に飛び込んでくる。

「ガイ……ル……」

「おまえをもっと感じさせてくれ……」

ふいに覆い被さっていたガイルに抱きすくめられ、リーレンは目を見開いた。覆い被さることによってガイルの肉茎が中にずるりと入り込んできたのだ。

先ほど何度も指で擦られた浅い部分を先端部で押し上げられ、息を呑む。そこを肉茎の段差で擦られた瞬間、気が爆ぜた。

「ああっ――！」

感極まった声と同時に張り詰めた肉茎から白濁が迸り、それが腹に落ちていく。リーレンの雪肌に淫らな文様が描かれると、ガイルはそれを指でそっと掬った。指先に絡みついたそれを躊躇うことなく舐め取り、笑みを浮かべる。

「リーレン、どこが気持ちいい？」

溢れんばかりの雄の艶を見せられ、リーレンは喉を震わせた。

リーレンの答えなど最初から必要としていないのだろう、ガイルはいっそう中を責め立てる。激しい突き上げではなく肉壁をゆっくり押すような交合に思考が乱され、リーレンはあられもなく身もだえた。

「は……あっ……あっ、ガ……イル……、あっ、あっ、あぁっ――!」

ガイルを受け入れた後孔がひくひくと蠢き、熟れた襞が入り込んできた肉の矛を包み込もうとする。初めて与えられた肉の愉悦に翻弄されつつも、リーレンの体はそれを貪欲に食らおうとしていた。

「あぁ……すごい……、ガイル……、中……が、気持ち……いい……」

「俺もだ、リーレン……おまえの中がよく締まる……」

吐息交じりの囁きとともにぐるりと腰を回され、リーレンは背をのけぞらせた。反り返った先端で快楽の源を押し上げられ、リーレンの性器からまた白濁が迸る。

白昼夢で感じた快感どころではなかった。ガイルの全てを収められているわけでもないのに、それに与えられる快楽を味わおうと肉壁が淫らに蠢く。そのせいで余計にガイルを感じてしまい、リーレンは断続的に感極まった声を上げた。

「あっ……あ、ガイ……ル、あぁっ、は……あっ、ふ……」

「リーレン……もっと声を聞かせてくれ……おまえの声が聞きたい……」

ガイルの声も快感に震えてかすれている。動きも徐々に速く、そして激しくなり、リーレンはガイルにぎゅっとしがみついた。より深いところでガイルを味わいたくて、背を抱き、腰に足を搦める。

「リーレン、そんなにしがみつくな。動けなくなるだろう……」

苦笑ぎみに言ったガイルが、リーレンの腰をぐっと抱き寄せた。尻を割り広げ、いっそう深い場所へと挿入を果たす。

「ああっ……あっ——！」

あの大きな雄の証をずぶりと挿入され、リーレンは甲高い声を上げた。突き入れられたかと思うと、また引き出され、そのたびに体の芯から快感がせり上がってくる。ガイルに愛されている中が切なくなってくるのは、湧きだす快感が射精を伴うものではないからだ。反り返った肉の矛に熟れた襞を擦られ、リーレンは頭を激しく振り立てる。

「あ……、ふっ……」

喉をのけぞらせると、顎に手を添えたガイルが深く口づけてきた。上がる嬌声を口づけで封じられ、リーレンはまたガイルにすがりつく。夢ではなく実際にガイルに与えられる快感に、無垢なリーレンの体は完全に陥落した。次々に湧きだす快感の波に翻弄され、思考が少しずつ麻痺していく。

「ガイ……ル……、して……、もっと……して……」

ふわふわした白い霧に包まれながらリーレンは譫言のようにそう言った。足を開き、硬く変化してしまった肉茎を自ら擦り上げる。リーレンの体はより強い快感を求めて開き、ガイルの矛を最奥へと飲み込もうとした。

「リーレン……少し我慢してくれ……」

そう言ったガイルが吐息をついた。直後にずんと奥を突き上げる。

ひときわ狭くなっている奥の門をこじ開けられ、リーレンは声もなく体を硬直させた。

痛みと快感が同時に押し寄せ、宙に投げ出されたような錯覚に陥る。

ふと、五年前に馬から投げ出された瞬間が脳裏をよぎった。あの時、駆け寄ってきたガイルに抱き留められた。今、それと全く同じ力強い腕に抱かれて翻弄されている。

「は……あっ……、あぁ……」

恍惚とした笑みを浮かべ、リーレンは自らガイルに口づけた。歯列を緩め、舌を絡ませながらガイルを抱き締める。淫らな水音を立てながら唇を合わせ、与えられる快感を全て味わおうとリーレンは自ら腰を揺らした。

「あ……、あ……、ガイル……、もっとして……もっと奥を激しく……」

甘い吐息を漏らしたガイルが、最奥の門で何度も先端を往復させる。先端がそこを出入りするたびに、リーレンは嬌声を上げて眦から歓喜の涙を零した。

「最高だ……、リーレン……」

少しずつ息を荒くしながらガイルが激しく体を揺らす。快楽で思考がどんどん鈍る中、

リーレンはガイルの髪に指を絡ませ、汗に濡れる頭をかき抱いた。

「愛しています……ガイル……」

「リーレン……」

「私は……もう二度とあなたを離さない……」

誓いにも聞こえる言葉を口にしたリーレンを、ガイルが強く抱き締める。

ほどなく聞こえた短い咆哮と嬌声は、互いの千年の思いが交差する歓喜の歌声だった。

◆
◆
◆

いったいどれほど果てたのか、リーレンにはもうわからなかった。

ガイルに与えられる快感に溺れ、嬌声を上げ、何度も極みに達してしまった。師に厳しい剣術の修行をつけてもらった時でさえこんなに疲れなかったというのに、今は指を一本動かすことでさえ億劫になっている。ガイルに狂おしく愛された後孔は今もなお疼いたままだし、乳暈も乳首も愛撫されすぎて赤く腫れてしまっていた。

ふっと息をつくと、腰を抱いていたガイルに髪を撫でられた。

「大丈夫か?」

答える気にもなれず、リーレンはただ首を横に振る。これが大丈夫そうに見えるならどうかしている。

「よくなかったか？」

重ねて尋ねられ、ため息をついた。いいとか悪いとか、そういう問題ではない。いや、いいか悪いかで言えば、よかったのだが──。

「酷いことはしないと言っていたくせに……」

思わず抗議の言葉を口にすると、ガイルが困ったような顔をした。

「リーレンとしての私はまだ無垢な体だったのに、なんてことをするんですか、あなたは……」

ただ何度も達してしまっただけではない。自分でも見たことのない場所を暴かれた上に、そこに舌を這わされ、狂わんばかりの快楽に翻弄された。あられもない格好でガイルにすがりつき、嬌声を上げ、より強い法悦を求めて淫らなことを口走ってしまった。それだけに留まらず、快感の熱に浮かされて自分で胸を弄り、足を開いて性器にまで手を伸ばして淫らなことをしてしまったのだ。初めての性的な経験だったにもかかわらず、だ──。

そんなふうに乱れさせたくせに、ガイルにはその自覚が全くと言っていいほどない。

「痛かったのか？」

案の定訝るように尋ねてきたガイルに、リーレンはため息をついた。

「そうじゃありません……わからないならもういいです……」

これ以上言っても無駄だと顔を背けると、ガイルが腰を引き寄せてくる。互いの昂ぶりは今はもう治まっていた。それでもこんなふうに裸で抱き合っていると、あらぬ場所同士が触れてしまいどうしても羞恥心が込み上げてくる。

きっと顔が赤くなっているに違いない。思わず目を伏せるとガイルがリーレンの黒髪をそっと撫でた。

「ようやくおまえをこの手に抱くことができた……」

吐息とともにそう口にしたガイルが、まだ汗ばんでいるリーレンの額に唇を押しつけてくる。今さらのような優しい行為に苦笑しつつ、リーレンは思い切って顔を上げた。

「そんなことを言うくらいなら、昇仙などせずにずっと私の側にいてくれればよかったんです。私はあなたが側で支えてくれるのだとばかり思っていたのに……」

シャオリンの記憶が少しずつ戻ってくるたびにリーレンはそう思った。どうしてガイルは尚に残らず昇仙などしてしまったのだろうかと。

確かにガイルは元から民からの信奉が厚い立派な将軍だった。むろん戦となれば人の命を奪うことになるが、無駄な殺戮は一切行わず、ガイルはどちらかというと戦わずして勝つ方を選ぶ将だった。望めば昇仙も十分可能だっただろうが、まさか本当に神仙になってしまうとは思いもしなかったのだ。

「どうして私を置いて昇仙してしまったんですか？」

尋ねるとガイルは困ったような顔をして口を閉ざす。もぞりと体を起こしたガイルは、中衣を軽く羽織ると格子窓の側の壁に背をもたれさせてぽつりと言った。

「おまえの側にいるのが辛かったからだ」

「辛かった？」

無言で頷き、ガイルは横になったままのリーレンに目を向ける。

「永王を倒した後、おまえは尚の王になった。王ともなれば近隣諸国から妃を娶り子をもうけ、王としての務めを果たさないといけなくなる。頭ではわかっていたんだが、実際おまえが妃を娶るとなると な……」

それをただ見ていることしかできないのが辛かったとガイルは言った。

「国の繁栄のためとはいえ、それを心から喜べない自分が嫌だったんだ。俺はそこまで心が広くない」

「ガイル……」

「それに、あのまま尚にいれば俺はおまえを孕ませてしまうかもしれなかったからな」

尚の城が完成した夜、ガイルは王の居室の隣に建てた賞月殿の中でシャオリンを抱いた。ガイルがシャオリンを抱いたのは、永王を斃すと誓った日に丘の麓にある小さな小屋で睦み合って以来だった。

完成したばかりの賞月殿で互いの全てを貪り食らうような情交を重ね、ガイルは何度もシャオリンの中で果てた。シャオリンもまたガイルを求めて乱れ狂った。今のこの時が永遠に続けとどれだけ願ったことだろうか。

「獣人は匂いに敏感なんだ。おまえがすぐ側にいて、俺を受け入れてくれるのがわかっていて何もせずにいられるわけがないだろう」

ふうっと大きく息を吐き出し、ガイルは片膝を立てる。そこに肘を乗せて頬杖をつくと、なんとも言い難い悩ましい目でリーレンを見つめた。

「人間の男の中には獣人の精を浴び続ければ子を宿す体の者がいる。俺の母がそうだったみたいにな。もしもおまえがそうだったら……臣の俺が王のおまえを孕ませるわけにはいかないだろう？」

「ちょっと待ってください。あなたの母上は人間の男子なのですか？」

たった今聞かされた事実に驚いたリーレンに、ガイルが「ああ」と頷く。

「俺の母は人間の男だ」

「では、気の強い獣人と交われば人は男でも子を宿すというのは――」

「全員がそうではないが、本当だ」

あっさりと肯定したガイルは、ふと格子窓から見える月を見上げた。

「あのままだと俺は自分の欲望のままにおまえを孕ませかねなかった。昇仙を果たせば人間界を離れることができる。そうすれば、おまえのことも忘れられるし、天から尚の民を支えることもできると、そう思ったんだ」

結局シャオリンを忘れることなどできなかったし、ろくに民を支えてやることもできなかったけれどとガイルは自嘲ぎみに笑う。

「でもあなたは私と尚の窮地に駆けつけてくれました。たとえ天界を追われることになるのがわかっていても――」

まだ快楽の余韻が残っている体をゆっくりと起こし、リーレンはガイルに近づいた。背や胸元に流れている白い髪を手に取ると、それにそっと口づける。

「リーレン……」

「千年前だけではありません。今もあなたは琅の王として尚の窮地を救ってくれようとしている。なのに私があなたに差し出せるのはこの身ひとつしかない――」

「言っただろう。何もいらないんだ。おまえをまたこの手に抱くことができたんだ。これ以上望んだら罰が当たる」

ふっと笑い、ガイルはそっとリーレンの体を押しのけた。

「ガイル……？」

訝るリーレンにガイルは神妙な面持ちを向ける。

「やっと王師の準備が整った。明後日、琅の王師は観稜城に向かう。俺は王師とともに観稜城を奪還して、東儀を攻めている喬軍を背後から叩く。おまえは先に碧宿の城に戻るといい。伽は今日で最後だ」

「私が子を孕むかどうか確かめるのではないのですか？　琅の後継者が欲しいと言っていませんでしたか？」

「そんなもの、おまえと二人きりになるための言い訳に決まっているだろう。俺は仙だし、命に限りもない。後継者も不要だ。もし子を孕む体だったとしても、今のおまえは尚の太子だ。琅王の俺が尚の王になる太子を孕ませるわけにはいかないだろうが」

「ですが……」

「いいんだ。俺のことを思い出してくれただけで十分だ。千年待った甲斐があった」

ガイルは王として琅を去るわけにはいかない。リーレンもまた尚の王となる身だ。今はよくてもいずれは一緒にいることができなくなってしまう。

　あの時と同じだが仕方がないとガイルが苦々しげに笑う。だが、リーレンはその笑みを否定するかのように首を横に振った。

「勝手に自分で決めてしまわないでください。私をただの寝所に侍る妾ではなく、あなたの伴侶にすると言ってくださればいいではないですか。そう言ってくださるなら、尚の王位は弟のコウリンに譲り、私は琅に残ります」

「弟に王位を譲るって、何を馬鹿なことを……」

「ちっとも馬鹿げたことではありません。あれはできた弟です。私よりもしっかりしてますし、何より宮家の後ろ盾がある。これはとても重要なことです。国は王一人の力で立ちゆくものではありません。それはあなたもわかっているはずです」

「リーレン……」

「コウリンはきっといい王になるでしょう。それにね、ガイル――」

　くすっと笑い、リーレンはガイルの髪を軽く引く。ぐっと顔を近づけると、リーレンは薄青色の瞳を覗き込みながら唇を笑みの形にした。

「あれだけ何度も私の中で果てておきながら、子を孕ませるわけにはいかないなんて、何を今さら寝ぼけたことを言っているんですか？　もしかするともう孕んでしまっているかもしれないのに――」

「寝ぼけたことって……まあ、確かにそうなんだが……」

「だいたい私はさっきが初めてだったんですよ？　それをあなたはあんなふうに激しくして……責任もとらずに逃げるつもりですか？」

責任と言われてばつが悪そうに苦笑したガイルは、改めてリーレンに問いかけた。

「本当に尚の王位を捨てて俺の伴侶になるというのか？　おまえはそれでいいのか？」

それに無言で頷き、リーレンはガイルの手を取る。

「何度も言わせないでください。今度は私があなたに与える番なんです。ただ……私が本当に子を宿せる体かどうかはわかりませんけど……」

「ならもう少し励もうか？」

「励むのはかまいませんが、もう少しお手柔らかにお願いします……」

「なんだ、やっぱり辛かったんじゃないか」

「いえ、そうではなくて……あなたの、その……あ、あれが……大きすぎて……」

赤面しつつ愚痴を零したリーレンをガイルはぽかんとした顔で見やる。

「で、ですから、リーレンとしての私は……その、そういう経験がないので……さっきのように激しくされるとちょっと困るというか……」

「気持ちよすぎて乱れてしまうから困る――と？」

笑い交じりの揶揄(やゆ)に、リーレンはいっそう顔を赤くした。

「だっ……だから、どうしてあなたはそういう――」

答えに困ってぷいっと横を向いたリーレンを、ガイルがぐっと抱き寄せる。

「わかった。もう少し自制する」

そう言って艶っぽい笑みを浮かべたガイルに頷きかけ、リーレンは武骨な手に自分の手を絡ませた。

「ガイル……今度こそこの手を離しませんから。私から離れることも許しません――」

「ああ。俺もおまえに誓おう。俺はもう二度とおまえの側を離れない――」

互いの唇が近づき、ゆっくりと重なり合う。

格子窓から漏れ入る月明かりは、寝台の上で絡み合う白と黒の糸を穏やかに照らし出していた。

◆ ◆ ◆

翌早朝、まだ夜の明け切らない時刻に地下通路を通って伽の殿に出てきたリーレンは、おぼつかない足取りで瑠璃宮へと向かった。

月は薄くなり東の空が少しずつ明るくなり始めている。それを眺めながら回廊を通って瑠璃宮の扉を押し開けると——目の前に仁王立ちをしたフェイがいた。

「フェイ——」

「リーレン様っ、昨夜からどちらに行かれていたのですかっ！」

娘の朝帰りを待ち構えていた父親のごとき憤怒の表情を浮かべてフェイは大声を上げる。その声が頭に響き、リーレンは思わず顔をしかめた。

「フェイ……そんなに大声を上げないでくれないか……」

「大声を上げたくもなりますっ。いったいどこに行かれていたんですかっ。フェイは心配で一睡もできなかったんですよ！」

「だから頭に響くって……昨日はずっとガイルのところにいたんだ……」

「は？　ガイル？　琅王様のところですか？」

頷いたリーレンは、手に持っていた『白羅』を卓に置くと、帯を解きつつ寝台へと向かった。

結局、あれからずっとガイルに抱かれていて一睡もできなかった。自制するどころか解放されたのはほんの先ほどで、足も腰もだるくて歩くことですら億劫に感じる。

千年も待たせたのは申し訳なく思うが、それにしても——。

あの激しい情交を思い出すとまた体の芯が熱くなり、リーレンはふっと息をついた。

一応賞月殿で軽く湯浴みを済ませたものの、体中にガイルに愛された跡が残っていて、とてもではないがフェイに見せられたものではなかった。あらぬところにつけられた赤い跡を見れば、フェイはその場で卒倒しかねない。着替えは絶対に自分だけでしようと思いながらよろよろと歩いていると、後ろで外衣を受け取ったフェイが首を傾げながら尋ねてきた。

「琅王様のところにいらしたとおっしゃいましたが、昨晩は伽の殿の灯りはついていませんでしたよね。いったいどちらに？」

案外見ているものだと感心しつつ、リーレンは冠を外して寝台に腰を下ろした。そのままぱったりと倒れ込み、転がっている枕を引き寄せる。

「リーレン様、いったいどちらにいらしたんですか？」

「だから……ガイルのところだってば。賞月殿にいたんだ」

「賞月殿？」

聞き慣れない殿の名前を耳にしたフェイがますます首を傾げる。

「ガイルの私室だよ。昨夜はいろいろあって……ほとんど寝ていないんだ……っていうか、朝まで付き合わされて腰が痛くて……」

「はいぃっ？　あ……朝まで付き合わされて？　こ……腰が……い、痛いっ？」

「うん……だから、眠いんだ……少し寝かせてくれないかな……」

　そう言ってリーレンはもぞもぞと掛布を引き寄せる。半ば朦朧としながら頭から掛布を被った後、ふと思い出したリーレンは、むくっと体を起こして部屋の真ん中で呆然としているフェイを振り返った。

「ああそうだ。ガイルの男根の棘だけどね。昨晩じっくり確かめたんだけど、棘はなかったよ」

　言った途端、フェイが手にしていたリーレンの外衣をはらりと床に落とした。青くなったフェイの顔が赤くなり、また青くなる。次の瞬間、フェイの叫び声は殿内どころか西の後宮全体に響き渡った。

「ろ、ろ、ろ……琅王様のっ、だっ、だっ、だっ、男根をっ、じ……じっ、じっくり確かめたですってぇっ――！」

　口にするのも憚るような言葉を一言一句明確に区切ったフェイの叫び声が殿内に反響し、リーレンは思わず耳を塞ぐ。

「フェイ……そんな大声で叫ばないでくれ……頭に響く……」

　声よりも言葉の方が問題ありなのだが、睡魔との戦いに敗れそうになっているリーレンにそんなことを考えている余裕などない。

　ガイルとの誓いを知れば、フェイは後宮どころか白洛の城全域に響き渡る声で叫ぶかもしれない。とりあえず耳に詰める綿でも探しておこうと思いながら、リーレンは頭から掛布を被った。

第十三章

尚国領土の最南端にある観稜城を占拠していた喬の兵士は、地平線の彼方に舞い上がる土埃（つちぼこり）に首を傾げた。

「何だあれは？」

城門の上にある望楼から見えるのは、横一直線に広がる黒い塊だった。それが地響きを立てて徐々に近づいてくる。

喬軍の主力は尚の国門である東儀の関塞（かんさい）へと向かった。尚の兵も民も皆殺しにしたこの観稜城に、喬の将たちはほんのわずかな兵士しか残さなかった。周辺にある二城もまた同じだ。少ないとはいえ五千ほどの兵は残しているのだが、尚には王都からも遠いこの観稜城の奪還のために割く兵力はないだろうと楽観視していたのだ。

尚の援軍として先にやってきた琅の二軍は東儀の最前線にいる。琅の獣人兵は恐ろしく強いが、今のところ守りに徹していて打って出る様子はない。琅と尚との間には不戦の盟約が結ばれているものの、他国のいざこざに不干渉を決め込んでいる琅王はこれ以上手を出すことを躊躇しているのだろうと、喬の将兵は誰もがそう思っていた。

だが――。

「あれは琅だ……琅の獣人兵だ……」

望楼にいた兵士の一人がぽつりと呟いた。

少しずつ近づくにつれ、黒い塊の全容が明らかになっていく。

地平線を埋め尽くすかのような横陣で、琅の軍勢は観稜城に向かっていた。砂埃が激しく、いったいどれほどの数がいるのか想像もつかない。横陣の構えを見せていた琅軍は、城に近づくと一瞬にしてその周囲をぐるりと取り囲んだ。

城門のある南側の陣の先頭に黒い革鎧を着た巨軀の将が見える。その肩の上に乗っている虎頭を見た途端、喬の兵士はその場にぺたりと座り込んだ。

「ろ……琅王だ……琅の獣人王だ……」

琅王が来た――！

そう叫ぼうとした兵士は、声を上げることなく喉を矢で貫かれて城壁から転落した。届くはずのない距離からの矢の雨が観稜城に降り注ぎ、喬の兵士たちが次々に城壁から転がり落ちる。

琅の軍勢の中心にいたのは、漆黒の革鎧を身に纏い、その革鎧よりも深い闇（やみ）の色をした刀身の剣『黒夜（こくや）』を手に持つガイルだった。まさに虎そのものの咆哮を上げてガイルは琅全軍の兵を鼓舞する。

「全軍、観稜城に矢を射かけよ！　応戦する者は一兵たりとも逃すな！」

城に向かって再び矢を射かけさせたガイルの隣には、濃紺の深衣を身に纏ったリーレンの姿があった。その手には尚の宝剣『白羅』がある。

咆哮を上げて兵に檄（げき）を飛ばすガイルをちらりと見上げ、リーレンは目を細めた。

ガイルの獣人としての姿を見たのは久しぶりだった。人の姿をしたガイルは目を見張るほどの美しさだが、獣人の姿もこれはこれで美しい。こうして戦う姿はまさに天界から武神が舞い降りてきたかのようだ。

「この距離から矢が城壁に届くなんて、琅の弓は強弓なのですね」

次々に放たれる雨のような矢を見ながら呟くと、ガイルがリーレンに目を向けて虎頭の髭を揺らした。

「獣人だからこそ引ける強弓だ。こっちに喬軍の矢は届かない。今は無駄に城壁に近づいて我が兵を失いたくないからな。向こうが音を上げるまで矢を浴びせてやる」

観稜城の民は既に皆殺しにされていて、城内には喬兵しか残っていない。もはや何も遠慮することもないとガイルは言う。

喬兵の動きが鈍くなると、ガイルは城壁を取り囲む円を少しずつ狭め、さらに城の中心へと四方から矢を浴びせかけた。これには喬兵はひとたまりもなかった。

もともと観稜城に残されていたのはほとんどが末端の歩兵で、それを率いる将はわずか二名だった。そこへやってきたのがあろうことか琅王本人が率いる最強の獣人兵と名高い琅の王師二軍と琅の主力獣騎兵一万、そして歩兵三万だ。王師は二軍二万だが、その力は一騎当千と言われている。合計六万の琅の軍勢は、主力ではないただの残留兵に敵う相手ではなかった。

やがて城壁に飛びついた手足の長い猿のような獣人兵が、梯子も縄も使わずに城壁を駆け上り始める。猿の獣人兵は王師の赤猴軍が率いる歩兵団で、攻城戦を最も得意とする兵たちだ。

赤猴の獣人兵が城壁の上にたどり着くと、ほどなくして鈍い音を立てて城門が開いた。

「ガイル、城門が――」

「ああ」

全軍突撃の合図とともに、琅の兵が一斉に城内へとなだれ込んでいく。怒号や絶叫が聞こえ、あちこちに火の手が上がった。

リーレンの脳裏に浮かんだのは千年前の戦だった。ガイルとともに永王を斃した時のこと、狄の軍に攻められた時のことがまざまざとよみがえる。

かつて二人でこんなふうに戦った。血と汗と埃にまみれ、互いの背を庇い合いながら命を懸けて剣を振るった。千年後にこうしてまたガイルと並んで戦場に立つことになるとは思いもしなかった。

今まさに落ちようとしている城を眺めていると、ガイルがリーレンの肩をぐっと抱き寄せてきた。

「怖いか？」

問いかけにリーレンは微かに首を横に振る。

「まさか――」

そう言って微笑んだリーレンの肩を抱いたまま、ガイルは城全体に響き渡るような咆哮を上げた。

「よく聞け、喬の愚か者ども！　我が伴侶リーレンの祖国に仇なす不逞の輩には、琅王ガイルの鉄槌が下ると思え！」

ガイルの声に反応して城の中から鬨の声が上がる。やがて望楼に掲げられていた喬の旗が引きずり下ろされ、変わって尚の旗が上げられた。

城門の上の望楼に『尚』の文字が書かれた旗を目にした瞬間、リーレンの胸に熱いものが込み上げた。喬の軍勢に皆殺しにされたこの城の兵や民を思えばなおのことだ。

まさかこんなにもあっけなく観稜城を奪い返せるとは思いもしなかった。それもこれも、ただ一心に尽くしてくれるガイルの助けがあってこそだ。

「ありがとう、ガイル……」

礼を言うと、ガイルが虎頭の髭を揺らして肩をすくめた。

「礼を言うのはまだ早い。観稜城は奪還したが周辺の二城が残っている。こいつも奪い返す。尚の領地はたとえ石一つでさえおまえに失わせたりはしない」

今は虎頭だが、なぜかその向こう側に白髪碧眼のガイルの不敵な笑みが見える。力強いその言葉に頷いたリーレンは、ガイルの肩にそっと頭を預けた。ゆっくりと目を閉じ、また開く。そうしてふっと笑ったリーレンはガイルを見上げ、瞳を輝かせた。

「行きましょう、ガイル。時間がありません」

「ああ」

ガイルが手にする『黒夜』が敵の魂魄(こんぱく)を食らおうと獰猛(どうもう)に唸っている。リーレンの『白羅』もまた、『黒夜』に共鳴してカタカタと激しく揺れていた。

◆　◆　◆

観稜城と周辺二城を奪還したガイルとリーレンは、そのまま北進して東儀の関塞へと向かった。

性懲りもなく東儀を攻めていた喬の主力は、関塞に駐留する琅の援軍に梃摺っていたが、そこまで苦戦しているというわけでもなかった。喬の軍勢は八万。それに対し、東儀にいる尚の軍勢は琅の援軍と併せても五万足らずだ。このままいけば数日後に東儀は落ちると喬の将兵の誰もが確信していた。まさか、自分たちの背後から六万のもの琅の兵が襲いかかってくるとは想像だにしていなかったのだ。

一騎当千と言われる琅の王師の総攻撃を受け、喬軍は敗走する暇もなくその場で殲滅された。その先頭に立って剣を振るう虎頭の獣人王の獰猛な姿に恐れをなした感も否めない。喬兵の屍が積み重なる中、東儀の関塞の門が援軍である琅の王師に向かって開いたのは、戦いが始まってわずか半日後のことだった。

第十四章

琅王ガイルの王師軍の働きによって喬に占拠されていた尚の城は全て奪還された。喬軍は這々の体で自国の国境へと逃げ帰ったが、その数は侵攻してきた当初の一割程度で、しかもそのほとんどが徴兵された名もなき歩兵だった。どうやらガイルは将を中心に潰していったらしく、指揮官を失った歩兵はあっという間に戦場を放棄して離散したという。

無駄に兵を殺さず、自軍の兵も死なせない、昔と変わらぬガイルらしい戦い方だとリーレンは思った。

そうして久しぶりに尚の城に戻ったリーレンは、大殿に入ると何気なく謁見の間を見回した。

シャオリンの記憶が戻って改めて見てみると、尚の城は随分と様変わりをしていた。ガイルとともに造ったあの城の姿は、ここにはもうほとんど残されていない。皇城の城壁にある望楼と、今は倉庫に成り果てているかつてガイルが住んでいた賞月殿が当時の姿をかろうじて残しているのみだ。

「こんなにも変わってしまっていたんですね……」

見慣れていたはずの城が全く別のものに見え、リーレンは何やら不思議な感じがした。なんとなくだが、ここはもう自分の居場所ではないような気がしてならない。

そんなことを思っているとふいに前触れの声が聞こえ、左右に並ぶ家臣たちが一斉にそちらに目を向けた。

大殿にぞろぞろと入ってきたのは、さまざまな獣の頭を持つ獣人たちだった。甲冑を着ている者もいれば官服を着ている者もいる。だが、その先頭に立っているのは、真っ白な髪を束ねて背に流している碧眼の美丈夫だった。

衰衣を着ていなければ、この男が琅王だとは誰も気づかなかったかもしれない。誰も彼もが琅王は白虎の獣人だと信じて疑わなかったからだ。

あえて人の姿で謁見の間に現れたガイルに、リーレンすらも驚いた。あの姿は誰にも見せていないと言っていたのに、いったいどういう心境の変化なのだろうか。

神仙かと見まごうばかりの白髪碧眼の美丈夫の姿に、尚の家臣たちが驚愕の眼差しを向けている。無遠慮なその視線を一切気にすることなく前に進み出たガイルは、玉座の前で立ち止まった。

「尚王には初めてお目にかかる。琅王ガイルだ」

ガイルの朗朗とした声が大殿に響く。それは少し野性味を帯びた低い声だったが、その中に王としての風格も見え、同時に人をなぜか安心させる声音でもあった。

ガイルの一声を聞いた尚王がゆっくりと立ち上がり、玉座から一歩一歩下りてくる。そうして同じ高さまで下りた尚王は、そのままガイルの手を取った。

「琅王、我が尚の窮地を救ってくださって感謝する。あなたには何とお礼を申し上げていいのか――」

「いや。尚と我が琅には少なからず縁がある。千有余年続く尚は我が琅にとって兄のようなもの。その兄が喬の蛮族に蹂躙されるのを弟として黙って見ているわけにはいかない」

父王のすぐ側で「兄」という言葉を聞いていたリーレンは、心の中で小さく笑った。確かに兄弟国といえば兄弟国だ。何せどちらの建国にもガイルは携わっているのだから。

「我が尚を『兄』とは……なんという嬉しい言葉だろうか。しかも、助けてくださった上に尚と永劫の不戦同盟を結んでくださると聞いている。それは本当なのだろうか？」

「いかにも。今日はそのつもりで来た。ただ、その前に尚王に一つお願いがある」

ガイルが言った途端、尚の家臣たちがざわめいた。

やはり琅王が見返りもなく同盟など結ぶはずがないと思った。いったいどんな無理難題を押しつけられるのかと皆が恐々とする。それは尚王も同じだったらしく、無表情を装いつつもやや警戒しているように感じられた。

「私に願いとはいったいどのような？」

尚王が訝りつつ尋ねると、ガイルはリーレンにちらりと目を向けた。意味深な笑みを浮かべ、また尚王に向き直る。

「私に尚王を父王と呼ぶ栄誉を与えていただきたい」

ガイルの言葉を聞いた尚王が一瞬ぽかんとした。

その意味をじっくりと頭の中で反芻したようだが、結局理解不能という答えがはじき出されたらしい。

同盟の証として公主を妃や妾として嫁がせるのはよくあることだ。だが、尚王にはリーレンとコウリンの二人の太子しかいない。妃を望まれたところでガイルに嫁がせることのできる公主がいないのだ。

「琅王、残念ながら私には娘がおらず――」

「公主ではない。私が望んでいるのはリーレン太子だ。リーレン太子を我が伴侶として迎え入れたい」

それを聞いた尚王はますます唖然(あぜん)とした表情を浮かべた。ガイルが何を言っているのかわからないといったように眉根を寄せ、脇で控えているリーレンに目を向ける。

「リーレンを？　だが……リーレンは我が尚の次期国王となる身。しかも男子で――」

「尚の次期国王であることは承知している。男子であることもだ。それを押してお願い申し上げる。リーレン太子を我が伴侶にいただきたい」

あろうことかその場に跪いて拱手(こうしゅ)したガイルに、尚王は慌てて手を差し伸べた。

「いやいや、琅王、どうか頭を上げていただきたい。琅の王にそのようなことをされては困ってしまう。リーレン、これはいったいどういうことなのだ？」

いきなり話を振られ、リーレンは思わずガイルに目を向けた。

ここでそんな話をすることなど聞いていない。そう目で訴えかけると、ガイルがにやりと笑う。

わざとか――。

心の中でため息をついたリーレンは、仕方なくガイルの側に歩み寄った。ガイルの隣に並び、父王に向かって頭を下げる。

「父王に申し上げます。リーレンは琅王のもとに参りたく存じます。つきましては尚の王位を返上したく――」

「待て、リーレンっ」

リーレンの言葉を途中で遮った尚王が、とんでもないことを言い出した息子に慌てて駆け寄ってきた。

「待て待て待て、リーレン、ちょっと待て。そなたは本気で言っているのか？　尚の王位を捨てて琅王の男妾になると？　孌童のように寝所に侍ると言うのか？」

「男妾ではない。正式な我が伴侶として迎え入れると申し上げている」

ガイルが横から助け船を出したが、その助け船自体が信じられないとばかりに尚王は二人を代わる代わる見やる。大殿に並んでいる尚の家臣たちは、完全に言葉を失っていた。

聡明なリーレン太子がいずれ王となれば尚は安泰、国はますます繁栄するだろうと信じて疑わなかったのに、そのリーレンが隣国琅に嫁ぐというのだ。

そう――誰もあえて口にしないが、これはまさに琅王の妃として「嫁ぐ」ということではないか。

完全に思考の範疇外だったのだろう、尚王が額を押さえて天井を仰ぐ。腕を組んで玉座の前をうろうろと歩き、また頭を押さえて天井を仰ぐ。それを何度か繰り返した尚王は、ようやくリーレンとガイルに目を向けた。

「琅王、あなたもリーレンも男子だ。リーレンを伴侶にしても、どちらも男子である以上子は成せぬが、そこはどうなさるおつもりか。琅の後継者はどうなさる？」

「人間の中には獣人と交われば男子でも子を宿す者がいる。私の母がそうだった。リーレン太子がそういう体かどうかわからないが、嫡子の問題は半分は解決している」

「も……もしリーレンに子ができなければ別に妾を持つということか？」

「そうならないよう努力するつもりだ」

ガイルの言う努力がどういう努力なのかあまり想像したくないのか、尚王はふうっと大きく肩で息をついた。

後継者を必要とする王は妾を持って当然だが、尚王も親として我が子には後宮の争いごととは無縁の世界で幸せになってほしいと思う。けれど、息子であるリーレンが琅王の子を産むのかと思うとそれはそれで複雑なところだった。

しばし無言で二人を見据えていた尚王は、そのままげんなりと肩を落とした。リーレンそしてガイルと順に見やり、また大きくため息を零す。

「……本気か？」

リーレンが「はい」と頷き、ガイルが「いかにも」と答える。

「本気なのだな……」

うんざりした面持ちで呟いた尚王は、そのまま地面にめり込んでしまいそうなほど肩を落として項垂れた。

「二人とも本気ならば仕方あるまい……」

「では我が願い、お聞き届けくださると——？」

そう尋ねたガイルに尚王は渋々といった様子で頷いた。

「聞き届けるも何も、本人が行くと言っているのを止められるはずもない。自分で行くと決めれば、何があろうが、誰が止めようが行ってしまうのがリーレンだ。これはそういう子だからな」

「さすが父王。よくおわかりでいらっしゃる」

ガイルに「父王」と呼ばれ、尚王はいささか困惑めいた顔をする。だが、軽く咳払いをしてそれを聞き流し、尚王は大殿に居並ぶ家臣に向かって言った。

「皆も聞け。尚は太子リーレンを琅王の伴侶として送り出すこととなった。リーレンは廃嫡とし、太子コウリンが加冠の後に、これを尚の王太子とする」

王の言葉を聞いた尚の家臣たちが、互いに顔を見合わせる。王は本気かと言わんばかりの顔だったが、尚王自身がそれを一番自分に問いたい気分だった。

「今日の朝議はこれまでだ。詳細は後日改めて丞相に知らせておく。皆はそれを待て」

解散の言葉に困惑しつつも家臣たちが一斉に拱手し、大殿から下がっていく。

家臣たちが全員いなくなると、尚王はリーレンとガイルに向き直った。

頭一つ分以上背の高いガイルをじっと見据える尚王の目は、王としてのものではなく、子の行く末を案じる一人の父親の目になっている。

白髪碧眼の美丈夫を、尚王はまじまじと見上げた。

姻戚関係になる相手は琅の王だ。しかも、眉目秀麗で民の信奉も厚い立派な人物ときている。送り出すのが太子ではなく公主だったらならば、これほど複雑な心境にはならなかっただろう。ふっと息をついて視線を床に落とした尚王は、再びガイルを見やった。

「琅王、これは尚の王としてではなく、子を持つ父としての頼みだ。リーレンをどうかよろしく頼む。嫁した後もリーレンが我が子であることに変わりはない。くれぐれも粗略に扱わぬようお願い申し上げる」

「心配には及ばぬ。リーレン太子は我が命に代えても大切にするとお誓い申し上げる」

慇懃な口調で言ったガイルに頷きかけ、尚王は玉座の横にある卓に向かう。そこに置かれていたのはリーレンが琅から持ち帰ってきた宝剣『白羅』だった。それを手に取り、リーレンに差し出す。

「リーレン、これを持っていくがいい」

「ですが父王、『白羅』は始祖王シャオリンの佩刀。尚の王の御物なのでは……」

「かまわん。本来そなたは私の跡を継いで尚の王になるはずだった。そなたにはこれを持つ権利がある」

「父王……」

「忘れるな、リーレン。琅王に嫁そうとも、そなたが尚の王族であることに変わりはない。尚の王族としての誇りを忘れることなく琅で過ごすがよい」

差し出された『白羅』を恭しく受け取ったリーレンを見下ろし、尚王は大きく息をついた。ため息にも聞こえるそれを盛大に吐き出し、改めてリーレンに目を向ける。

「しかしな、リーレン。太子であるそなたを花轎に乗せて送り出さなければならない日が来ようとは思いもしなかったぞ……」

嘆きといおうか愚痴といおうか、その言葉を聞いたリーレンは訝しげに首を傾げた。先ほどから、嫁すだの花轎に乗せるだのと父王はいったい何の話をしているのだろうか。

「父王、私は琅王のもとには参りますが、別に花嫁衣装を着て赤い輿に乗るつもりはありませんので……」

真剣な面持ちでそう言ったリーレンの横で、ガイルがぷっと吹き出した。

尚王は相変わらず冗談の通じない息子に困惑した顔を向けている。そんな父王と、ひたすら笑いを咬み殺しているガイルを交互に見やりリーレンは眉根を寄せた。

「なんですか？　父王はどうしてそのように眉間に皺を寄せていらっしゃるんです？　ガイルもどうして笑っているんですか？」

どちらもがなんでもないと手を振ると、リーレンはますますもって訝るように首を傾げた。

「お二人とも何なんですか、いったい……」

とうとう堪えきれずに笑い出したガイルの声が、尚の皇城に軽やかに響く。

喬の侵略という悪夢が去った尚の王都碧宿の皇城には、穏やかな時間が流れていた。

第十五章

尚の援軍として来ていた琅の王師が、碧宿の城門からぞろぞろと出ていく。

兵たちが街道を埋め尽くしながら進んでいく様子を、リーレンとガイルは碧宿の城から少し離れたところにある緩やかな丘から眺めていた。

「王師二軍で最後ですか？」

尋ねたリーレンにガイルが「ああ」と頷く。

「歩兵は先に帰してある。行軍が長くなればそれだけ飯を食うし金もかかる。獣人はよく食うからな」

戦をするには金がかかる。だから琅は無駄な戦をしない。そうすれば国が富むと言い、ガイルは背後に立つ少し傾きかけた廟を振り返った。

「懐かしい場所だな」

笑みを浮かべて呟いたガイルにリーレンは「ええ」と頷く。

ここに月牙廟を建てたのはシャオリンだった。二人がまだ氷の将軍だった頃、この場所で暴虐王レンイを斃すと誓い、側に立っていた小さな小屋で初めて睦み合った。レンイを斃し尚の王になったシャオリンは、昇仙して武神月牙将軍となってしまったガイルを祀るために思い出のこの場所に月牙廟を建てたのだ。

白昼夢の中でガイルに抱かれて嬌声を上げるシャオリンがいた場所は、どうやら廟が建てられる前のここだったようだ。

月牙将軍が天界を追われた後も、なぜかこの廟だけは完全に崩れ落ちることはなく今もなおこの場所に存在している。ただ、どれだけ修繕をしてもどこかが崩れようとするのは、やはり天の力が働いているということなのだろう。神仙月牙将軍本人であるガイルのいる琅の廟だけが特別なのだ。

「そういえばどうして神像の間違いを正さなかったのですか？」

ガイルが月牙将軍本人だとわかって以来、ずっと疑問に思っていたことをリーレンは口にした。

本来月牙将軍の神像は白虎だったはずだ。シャオリンもここに祀ったのは白虎の神像だった。神仙が虎というのが奇妙に感じたのか、いつの間にか誰かがその横に武人の神像を置いてしまったらしく、そのせいで月牙将軍は白虎を連れた武人だったことにされている。

「琅の廟ですら武人と白虎が並んで祀られているし、正せばよかったのではないのですか？」

「この方が武神っぽくてかっこいいだろう？」

　冗談めかして言ったガイルに、リーレンはどう答えていいのかわからないといった顔をした。

　顎に立派な髭を蓄え、厳めしい甲冑姿で白虎を従える月牙将軍は、いかにも武神めいていて武功の御利益がありそうだ。月牙将軍がいったいどういう神仙なのか知らなくても、この姿形だけで兵たちの間で密かに人気があるのも頷けるものがある。だが――。

「でも、もう少しあなた本人に似た神像に造ってもらってもよかったのではないのですか？　この髭はあまりにも――」

「俺に似せて造ったら月牙廟は女性たちで溢れ返るだろう。彼女らの夫や恋人に廟を燃やされたらたまらない」

　自分に似ても似つかない神像が祀られた廟を振り返りつつガイルが冗談めかして笑う。それに「確かに」と頷き、リーレンは苦笑した。

　尚の皇城で人としての姿を見せて以来、ガイルはずっと人の姿でいる。長い白髪を背に流す碧眼の美丈夫は、あっという間に尚の女性たちを魅了した。

　神仙と見まごうばかりの――いや、本当に神仙なのだが――美しい琅王ガイルと、空に浮かぶ月のような美貌を持つリーレン太子が並んで立っているだけで彼女たちの歓声が上がる。まさか月牙廟に祀られている美髯の厳つい武神とこの獣人王が同一人物だとは、誰も想像だにしていないだろう。

「俺は自分の廟なら自由に行き来できる。『黒夜』も神像に封印してあるから、神像さえあればどこだろうが抜くことができる。天界を追放されたが一応まだ神仙だからな。しかも全然似ていないから俺が月牙だと誰も気づかない。髭の神像も役に立ってるんだ」

それを聞かされ、リーレンはずっと疑問に思っていたことの一つが腑に落ちた。

ガイルが簡単に皇城を抜け出していたのは、神仙の力で廟を自由に行き来していたからだったのだ。琅の廟で喬の刺客に襲われた際もいきなり背後からガイルが現れて驚いたが、そういうことならば納得できる。唐突に現れて唐突に消えてしまうのも、神仙の力があればこそだ。

そう、ガイルは仙なのだ。老いることなく千年間シャオリンの転生を待ち続けることができたのは、不老不死となった仙だからだ。

「神仙のあなたはこれからもずっとその姿なんですね……」

千年前と何一つ変わらない姿のガイルを見上げ、リーレンはぽつりと呟いた。

かつてシャオリンがガイルを残してこの世を去ったように、リーレンもまたガイルを残して人としての生を終えることになるだろう。ずっとガイルの側にいたくても、ただの人でしかないリーレンにそれはかなわぬ願いだった。

ならば自分も昇仙して仙になればいいのだが、そんな簡単なことではないことくらいわかっている。子どもの頃から仙に憧れて修行もしてきたけれど、色欲の禁も破ってしまった今、昇仙への道は閉ざされてしまったも同然だろう。

また次があるのだろうかとリーレンは思った。死した後、自分はまた転生して再びガイルと巡り会うことができるのだろうか、と――。

「今のこの人生が終わっても、私はまたあなたに会えるでしょうか？」

消え入るような声で言ったリーレンにガイルは一瞬驚いたような顔をした。不安げに瞳を揺らすリーレンを見つめ、ふっと笑みを浮かべる。

「次はない」

即答したガイルを、リーレンは呆然と見やった。

ガイルはただシャオリンと再び巡り会うためだけに千年の時を待っていた。シャオリンの魂を宿したリーレンと出会い、それで満足したということなのだろうか。

ガイルに拒絶されたような気になり、リーレンは悄然として目を伏せる。なぜと聞くこともできずに口を閉ざしていると、ガイルがくすっと笑った。

「次はないんだ、リーレン。俺は仙籍を天に返上する」

あまりにも突然すぎる言葉にリーレンは唖然とした。

「仙籍を返上する……？　下界に降りるということですか？」

「まあ、天界からの永久追放だから、もともと下界に降りているのと同じだけどな」

皮肉っぽく口角を上げ、ガイルはリーレンの肩を抱き寄せた。

「千年かかったが俺はおまえと巡り会えた。だからもう仙の寿命はいらないんだ。おまえと一緒に年を重ね、人としての生を全うする。だから次はない」

「ガイル……」

「リーレン、俺と今生を歩んでくれるか？」

永久を誓うかのようなその言葉にリーレンは目を見開く。返事を待つガイルに小さく頷き、リーレンは言った。

「約束を果たせたので私ももう生まれ変わる必要はないということですね」

「ああ。今度こそ共に生きよう」

笑みの形をしたガイルの唇がそっとリーレンの唇に近づく。薄青色の瞳を見つめていたリーレンもまたゆっくり目を閉じた。

二人の唇が合わさろうとした時、唐突に丘の上からフェイの声が聞こえてきた。

「リーレン様！　琅王様！　早くお戻りください！　いつまでそこにいらっしゃるおつもりですかっ！」

　街道に待たせてある軒車の前でフェイが腰に手を当てて叫んでいる。

「あいつ……」

　せっかくの甘い雰囲気を邪魔されたガイルが眉間に皺を寄せて舌打ちをした。その様子にリーレンは思わず苦笑する。

　リーレンがガイルの伴侶として琅に向かうにあたり、フェイは侍従として付き従うことを選んだ。リーレンが琅で粗略に扱われないよう見張っておくのだと本人は息巻いているが、ガイルはそれがいささか鬱陶しいらしい。リーレンの侍従であり、幼なじみでもあるフェイは、ガイルにとってうるさい小姑のようなものなのだろう。

　邪魔をするなとばかりに眉間に皺を寄せているガイルに、リーレンは素早く自分の唇を押しつけた。驚いた様子のガイルに微笑みかけ、愛しい男の手を引く。

「行きましょう、ガイル。続きは琅に戻ってからです」

「ああ？」

「あなたが仙籍を返上して人間に戻るなら琅には後継者が必要でしょう？　私が子を孕む体なのかどうかじっくり確かめていただかないと」

いつぞやの言葉を揶揄するように言ったリーレンに、ガイルが驚愕の眼差しを向けた。

「リーレン……」

「ただ、確かめるのはかまいませんが、お手柔らかにお願いしますね」

小さく笑ったリーレンに、ガイルは同じ笑みを返す。

「一応そのつもりでいよう。保証はできないがな」

そう言ったガイルは、呆れぎみのリーレンの肩を抱いた。風になびく艶やかな黒髪に指を絡ませ、それにそっと口づける。

「俺たちの城へ戻るとするか」

「ええ、戻りましょう。私たちの城へ――」

空は快晴、雲一つない。高く澄んだ青空の下、リーレンはガイルとともに緩やかな丘をゆっくりと歩いていった。

転生皇子は白虎の王の子を孕む

琅の王都白洛、皇城の奥にある瑞泉宮には美しい庭園がある。四季折々に花を咲かせる木々が植えられ、広い池を囲う回廊には亭が設けられていて、そこから見える景色は神仙たちが住まう天界と見まごうばかりだ。といっても、リーレンは天界など実際に見たことがなく、そこがどんな場所なのか知る由もないのだが。

池に張り出した清柳亭に置かれた椅子に座っていたリーレンは、卓の上の蓋椀に手を伸ばしつつ、ふっとため息をついた。

「暇だな……」

琅王ガイルの伴侶として琅に来てから早半年が経った。最初の一月こそ琅の臣たちから挨拶を受けたり、自身が住まうことになる瑞泉宮を整えるための指図をしたり、あれやこれやと忙しかったのだが、それも終わるとすっかり暇になってしまった。

リーレンが琅にやってきて、ガイルはようやく賞月殿から本来の王の住まいである瑞泉宮に居室を移した。転生したシャオリンを迎え入れる日が来るまで、ガイルはこの殿も閉ざしたままにしていたのだ。

千年間誰も住んでいなかったものの手入れはしていたため、瑞泉宮が朽ちているということはない。ただ、中の調度品は千年前のものがそのまま置かれていて、殿の内部はさながら古代の宝物庫のような状態になっていた。千年生きてきたガイルとは違い、リーレンはそれらの麗しい古代の調度品をとてもではないが日用品として使う気になれなかった。殿の中にあったそれらのほとんどを宝物庫に入れ、ガイルが今まで暮らしていた賞月殿の調度品を瑞泉宮に運ばせることにしたのだ。その移動が終わり、ようやく落ち着いたのだが、今度は別の問題が勃発した。

「どうしようかな……」

ぽつりと呟き、リーレンは蓋椀を手にする。早く伝えるべきか、それともわかってからにすべきか。芳醇な香りを漂わせる茶をすすりつつ、リーレンはまたため息を零す。

瑞泉宮で暮らし始めてからというもの、リーレンはほぼ毎晩ガイルに抱かれていた。獣人は人間よりも体力があるのは知っていたが、まさか精力までもがそこまで旺盛だとは思いもしなかった。シャオリンの記憶も随分と戻ってきていて、千年前のガイルのことも思い出してきている。ガイルはシャオリンに対してそれほど欲望の眼差しを向けていなかったのではないかと思っていたが、どうやらそれは思い違いだったらしい。

「俺がどれだけ我慢していたと思っているんだ。おまえの側にいるのが辛くて昇仙しようとしたくらいなんだぞ」

瑞泉宮の寝台でリーレンを抱きながらガイルはそう零した。シャオリンへの滾る思いを断ち切るために、欲望のすべてを昇仙のための鍛錬に向けたのだと――。

「どこをどう断ち切ったんだか、ちっとも断ち切れていないですよね。それに……」

続く言葉を濁し、リーレンはふと背後の瑞泉宮を振り返る。昨晩もガイルと激しい情交を重ねた。頭の中はリーレンとシャオリンの記憶が両方存在しているが、体はあくまでもリーレンだ。二十歳になったばかりの若い体は愛撫に敏感で、与えられる快感を貪欲に貪ろうとする。結果、まさに獣のように互いを求め合うことになってしまうのだ。

そのせいもあるのか、ここ数日やけに体が重く感じた。情を交わすたびにガイルの大きな性器で激しく突き上げられるのが最大の原因かもしれないが、どうも脾の具合が悪い気がして仕方がない。食も細くなり、さすがに心配したフェイが薬師か侍医を遣わすよう願い出てくれたのだが――。

そのままちらりと横に目を向けると、フェイが苦虫を嚙みつぶしたような顔をして立っている。フェイに曖昧な笑みを向けたリーレンが蓋椀を卓に置こうとしたその時、回廊を白い影が疾走していくのが見えた。その影の後ろを従僕たちが追いかけているが、あまりの速さにあっという間に引き離されてしまう。回廊を駆け抜けたその白い影は、脇目も振らずにリーレンがいる清柳亭へと飛び込んできた。

「リーレン、子ができたというのは本当かっ？」

白い影はやはりガイルだった。亭に入った途端にそう告げたガイルに、リーレンは呆れた眼差しを向ける。

「ガイル、虎になっています」

「ああ？」

冷静にそう言われ、ガイルがはたと自分の姿を見下ろした。どうやら興奮しすぎて獣人型から獣型の白虎の姿になってしまっていたことにやっと気づいたらしい。ガイルの体が光を帯び、一瞬にして白髪碧眼の人の姿へと変化する。

「リーレン、子ができたというのは――」

「ガイル、今度は裸です」

ようやく追いついた従僕たちが全裸で亭に立っている王の姿を見るやいなや、叫び声を上げて「服を！」「布を！」と駆けだしていく。真正面から全裸のガイルを見る羽目に陥ったフェイなどは完全に言葉を失って固まってしまっていた。

仙籍を返上しようともガイルの美しさに変わりはない。だからといって、裸で立たせているわけにもいかず、リーレンは自分の外衣を脱いでそれをガイルに手渡した。

「そんなに慌てないでとりあえずこれを羽織ってください」

「これが慌てずにいられるか。子ができたかもしれないんだろう？」

外衣を受け取りつつ言ったガイルに、リーレンはしばし逡巡したあと、小さく頷いた。

「まだはっきりわからないんですが、その可能性があると言われました」

「可能性？　可能性ってどういうことだ？」

「そのままの意味です。よくわからないからしばらく様子を見るようにと」

脾の具合が悪いと言われてやってきた侍医たちは、リーレンを診たあと全員が首を傾げた。脾に悪いところはどこもない。ただ、悪いところはないのだが所見が認められる。六人の侍医たちが頭を突き合わせて出した結論は、リーレンは腹に子を宿している可能性があるということだった。

「男子が子を宿すなどありえない」と半数の侍医が懐妊ではないと言い、「いや、獣人の子を宿す人間の男子がいるという話がある」と残りの半数の侍医が懐妊だと言う。誰もがそんな事例など診たことがなかったため、すぐさま診断を下すことができなかった。ただ、その可能性が非常に高く、しばらく様子を見ようということになったのだ。本当に子を宿していれば自ずと腹が膨らんでくるだろうと――。

「何なんだ、その適当な診断は」

従僕たちが持ってきた深衣に袖を通しつつ、ガイルが憤慨する。その気持ちは当事者であるリーレンにもわからなくはないが、男子が腹に子を宿すという事例もないため、侍医たちを責めるのは酷というものだろう。

「侍医たちは一生懸命診てくれました。何か変わったことがあればすぐに知らせるようにと言われています。むしろ問題はあなたです、ガイル」

なんのことだと言わんばかりに眉根(まゆね)を寄せて椅子に腰を下ろしたガイルを、リーレンは真剣な面持ちで見やった。

「子が腹にいるかもしれない以上、夜の営みにおいて激しい行為は禁止とのことです。くれぐれもあなたに言い聞かせるよう侍医たちに言われました」

そうでなくても人間と獣人――しかも大型の獣人とでは体格差が大きすぎる。子を宿したのかどうか判明するまでは、体に過度に負担がかかるような無茶な真似(まね)をしない、させないようにと侍医たち全員に釘(くぎ)を刺されたのだ。

「無茶な真似って……あのな、俺は――」

不満げな顔をしているものの思い当たる節があるのだろう。黙り込んだガイルが視線をリーレンの腹に向けた。平坦なままのそこを見つめ、困惑ぎみに眉根を寄せる。

「……孕ませたかもしれない俺が言うのもなんだが、男子のおまえの腹に子がいると言われても、にわかに信じ難いものがあるな」

「私もです。でも、本当のような気もします。なんとなくですけれどね」

そう言って笑ったリーレンを見つめ、ガイルは「そうか」とそっと肩を抱き寄せた。ゆっくりと近づいた唇が重なる寸前、「ゴホン」という咳払いが背後から聞こえてくる。

「琅王様、まだ執務が残っていらっしゃるのでは？」

フェイの言葉を聞いた途端、ガイルが鬱陶しげに眉根を寄せた。小さな舌打ちと「うるさい奴だ」という小声が耳に届き、リーレンは思わずぷっと吹き出す。やがてガイルは念のため体を労るよう言い残し、迎えにやってきた官吏とともに執務に戻っていった。

その背を見送ったリーレンは、亭でそのままうたた寝をしていて夢を見た。この清柳亭で和やかに過ごす自分とガイルの足下で、小さな白虎が自分の尻尾を追って遊び戯れているという不思議な夢だ。

「妙な夢だったな……」

ぽつりと呟き、リーレンは自身の腹に目を向ける。

男子である自分が子を宿しているなど、正直なところ信じ難い。

おそらく侍医たちの誤診だろうが、これが正夢になるのも別に悪くないと、池に浮かぶ睡蓮を眺めながらリーレンはひっそりとそう思った。

あとがき

こんにちは。ラルーナ文庫さんでははじめましてとなります。井上ハルヲです。

このたびは拙作を手に取ってくださいましてありがとうございました。

初めてついでに初めての中華風BLです。ここのところ個人的に中華BLづいています。お話の設定イメージは紀元前の春秋・戦国あたり。ヒラヒラ衣装に長髪、長剣、攻城戦という自分の性癖をぶっこんでいます。せっかくの中華風で後宮も出てくるのに後宮感が薄いのは、このせい……いや、リーレン太子がぽんちょこな天然ちゃんだからでしょう。待ち続けたガイルがちょっと気の毒になるというか……某所の棘の有無もじっくり確認できたことだし、君たちは今度こそ幸せになるがいいよ。

中華風なんですがキャラ名がカタカナになっているのは、漢字にすると読みづらくて全ページにふりがなを打たなければならなくなるからだったりします。リーレンは璃廉、ガイルは剴琉、シャオリンは暁玲と、皆漢字があります。ただ、発音すると璃廉はリーリェンになるし、剴琉はカイリュウに近くてどこかのモンスターみたいになってですね……暁玲だけがそのまんまシャオリンです。こんな漢字だったのかと頭の中で思ってくださると嬉しいです。

今回イラストを描いてくださいましたタカツキノボル先生、ガイルもリーレンも美しい男に描いてくださってありがとうございました！　あまりにも美麗すぎてカバーイラストを見た時に呆然としてしまいました。イラストをそのまま額装して飾りたいくらいです。

担当様にもお世話になりました。当初の痛さ爆発プロットをこれくらいの溺愛にもってこれたのは適切なご指摘をいただけたからです。やっぱりＢＬにはラブが大事ですね。なんといってもボーイズのラブですからね！

最後になりましたが、この本を読んでくださった皆様、携わってくださった皆様に心から感謝を。またいつの日か皆様にお目にかかれることを願っています。

井上ハルヲ

本作品は書き下ろしです。

ラルーナ文庫

この本を読んでのご意見・ご感想・ファンレターなどお待ちしております。〒110−0015 東京都台東区東上野3−30−1 東上野ビル７階 株式会社シーラボ「ラルーナ文庫編集部」気付でお送りください。

転生皇子は白虎の王に抱かれる

2023年１月７日　第１刷発行

著　　　者｜井上 ハルヲ
装丁・ＤＴＰ｜萩原 七唱
発　行　人｜曺 仁警
発　行　所｜株式会社 シーラボ
〒110-0015　東京都台東区東上野 3-30-1　東上野ビル７階
電話　03-5830-3474／FAX　03-5830-3574
http://lalunabunko.com
発　売　元｜株式会社 三交社（共同出版社・流通責任出版社）
〒110-0015　東京都台東区東上野 1-7-15
ヒューリック東上野一丁目ビル３階
電話　03-5826-4424／FAX　03-5826-4425
印刷・製本｜中央精版印刷株式会社

　ISBN978-4-8155-3277-2